책을 읽는 즐거움과 더불어 창의력과 감성을 키울 수 있는 독서 경험을 제공하는 것을 목표로, 청소년 뿐만 아니라 어른들도 함께 공감하고 감동할 수 있는 따뜻한 위로와 희망을 전하는 이야기들을 담고 있습니다.

- 이 책의 저작권은 정씨책방이 소유하고 있습니다. 저작권법에 의하여 보호 받는 저작물이므로 무단전재와 무단복제를 금합니다.
- 책 내용의 전부 또는 일부를 이용하려면 정씨책방의 서면 동의를 받아야 합니다.
- 잘못된 책은 구입하신 서점에서 바꿔드립니다.

# 네덜란드
# 단편 동화집

1 3 1 8
청 소 년
문     고
2     7

아주 오래전 옛날, 이 세상에서 가장 늙은 황새도 어렸었던 시절, 큰 사슴과 작은 사슴새끼들이 네덜란드 숲 속에서 뛰어 놀던 시절의 이야기이다.

네덜란드의 가장 중심부에 위치한 곳에 숲으로 둘러싸인 연못이 하나 있었는데 그곳에 살고 있는 물고기로 유명한 연못이었다.

사냥꾼들은 활과 화살을 가지고 그곳에 수사슴들을 사냥하러 오곤 했다. 또는 소년들과 남자들은 햇볕 아래에서 반짝이는 비늘을 가진 물고기를 건져 올리거나, 은신처에 숨어있던 숭어들을 미끼로 유인하기도 했다.

그 시절에는 물고기가 사는 연못을 〈비베르(Vijver)〉라고 불렀으며 사슴들이 뛰어 노는 숲을 〈렌셀라에르(Rensselaer)〉 혹은 〈사슴동굴(Deers Lair)〉이라고 불렀다.

그 숲에서 자라고 있는 참나무, 너도밤나무 그리고 오리나무들은 워낙 튼튼했고 육지와 바다 속 사냥감들로 넘쳐 났다. 그리하여 그 나라의 왕이 직접 그곳에 성을 짓기 시작했다.

리플레이

## 생동감 넘치는 네덜란드 민속 세계

네덜란드 민속 전통에 기반으로 인어, 요정, 엘프 등 다양한 마법 생물들이 등장해 네덜란드의 문화적 요소를 자연스럽게 녹여내는 이 동화들은, 독자들에게 도덕적 교훈, 기발한 모험, 매혹적인 캐릭터들이 가득한 환상적인 세계를 소개합니다.

<네덜란드 단편동화집>는 1318 청소년문고 27번째 작품입니다.

## 차례

366명의 아이를 낳은 여인, 7
고양이와 요람, 22
꽁꽁 묶인 인어공주, 33
나막신의 전설, 44
녹이 슨 동전, 55
말린 꼬리의 사자, 69
밀의 복수, 80
바위로 변한 고블린, 92
브라보와 거인, 101
산타클로스와 흑인 소년 피트, 109
속치마를 20개나 입은 공주, 117
실 짓는 왕자와 백설 공주, 127
얼음 왕의 자손들, 138
여행을 떠난 오니, 147
요정들의 장난, 160
움직이는 농장, 174
치즈를 너무 좋아한 소년, 185
카바우테르와 종, 195
황금 털을 가진 멧돼지, 210
황금 투구, 219
황새는 왜 네덜란드를 사랑했을까, 230

## 366명의 아이를 낳은 여인

 아주 오래 전 옛날, 이 세상에서 가장 늙은 황새도 어렸던 시절, 큰 사슴과 작은 사슴 새끼들이 네덜란드 숲 속에서 뛰어 놀던 시절의 이야기이다.
 네덜란드의 가장 중심부에 위치한 곳에 숲으로 둘러싸인 연못이 하나 있었는데 그곳에 살고 있는 물고기로 유명한 연못이었다. 사냥꾼들은 활과 화살을 가지고 그곳에 수사슴들을 사냥하러 오곤 했다. 또는 소년들과 남자들은 햇볕 아래에서 반짝이는 비늘을 가진 물고기를 건져 올리거나, 은신처에 숨어있던 숭어들을 미끼로 유인하기도 했다. 그 시절에는 물고기가 사는 연못을 "비베르(Vijver)"라고 불렀으며 사슴들이 뛰어 노는 숲을 "렌셀라에르(Rensselaer)" 혹은 "사슴 동굴(Deer's Lair)"이라고 불렀다.
 그 숲에서 자라고 있는 참나무, 너도밤나무 그리고 오리나무들은 워낙 튼튼했고 육지와 바다 속 사냥감들도 넘쳐 났다. 그리하여 그 나라의 왕이 직접 그곳에 성을 짓기 시작했다. 땅 주위로 울타리를 만들었는데 사람들이 그것을 "왕의 울타리(Count's Hedge)", 혹은 우리가 지금 흔히 알고 있는 "헤이그(The Hague)"라고 불렀다. 심지어 오늘날까지도 그 아름다운 도시와 숲에는 오래된 나무들이 자라고 있으며 비베르라 불렸던 연못도 아직 존재하며 백조들이 그곳에 살고 있다.

작은 섬에서는 보송보송한 솜털이 뒤덮인 백조 새끼들이 태어났고 그곳에서 활처럼 휜 기다란 목을 뽐내는 백조로 성장했다. 한편 그 지역의 다른 동네에서는 황새들이 나무에 둥지를 틀고, 연못에서 헤엄을 쳤는데 그 어미새들은 미국대륙이 발견되기 전까지 그곳에 살았던 것이었다.

얼마 지나지 않아 부유하고 높은 지위를 가진 사람들이 헤이그로 몰려들기 시작했다. 그들만의 새로운 사회를 만들기 위해서였다. 그들은 비베르와 멀리 떨어지지 않은 언덕의 경사면에 거대한 집을 지었다. 곧 그 도시는 엄청나게 번성했다.

성에 사는 왕과 공주들이 말을 타고 성 밖을 나가는 것을 구경하는 것은 꽤 흥미로운 일이었다. 특히 그들이 매를 잡으러 나갈 때 그들을 태운 말의 대열은 아주 멋진 구경거리였다.

말을 타고 있는 아름다운 여인들, 벨벳 옷을 입고 깃털 달린 모자를 쓴 남자들, 그리고 그들을 태운 말들은 자랑스러워하는 것처럼 보였다. 매를 부리는 사람들은 고리에 앉아있는 사냥새들과 함께 그들을 따라 걷고 있었으며 행렬 안쪽의 남자가 그를 둘러싸고 함께 걸었다.

각 매들은 작은 모자나 후드에 끈을 묶어 머리에 두르고 있었다. 그 모자가 벗겨지면 새들은 하늘 높이 날아올라 크고 작은 새들을 사냥하여 자신의 주인들에게 물어다 주었다. 그 외에도 개들을 데리고 함께 걷는 남자들이 있었는데 갈대나 수풀에 숨어있는 작은 새들을 쫓기 위해서였다.

사냥꾼들은 멧돼지나 곰들이 자신에게 달려들어 공격할 때를 대비하여 모두 창을 들고 있었다. 화려한 옷을 입고 즐거운 발걸음으로 매 사냥을 나서는 날은 언제나 즐거운 하루의 시작이었다. 하지만 헤이그에는 그런 화려한 궁전만 있는 것은 아니었다. 가난한 사람들이 사는 오두막들도 물론 있었다. 그들 중 한 과부가 있었는데 쌍둥이 아기 둘을 먹일 것이 없을 만큼 가난한 여인이었다.

그녀의 남편이자 쌍둥이의 아버지가 전장에서 사망했기 때문이었다. 요람조차 살 돈이 없었지만 어린 아기들을 혼자 놔둘 수도 없어 그녀는 쌍둥이 둘을 등에 들쳐 메고 구걸을 하러 다녔다.

한편 비베르 근처에 백작인 남편과 함께 살고 있는 아름다운 백작 부인이 있었다. 그녀에게는 아이가 없어 자식들과 함께 노는 엄마들을 몹시 부러워하였다. 그러던 어느 날 그 거지 여인이 아기 둘을 업고 걸어오고 있었던 것이다. 백작 부인은 그날따라 유독 기분이 좋지 않은 상태였다. 아무리 얼굴이 예쁘고 화려한 옷을 입고 있는 백작 부인이었지만 품성은 좋지 못한 여인이었다.

누구든 자신에게 말을 걸려고 하는 순간 사나운 개처럼 쏘아붙일 준비가 되어 있었다. 그녀에게는 요람과 유모, 예쁜 아기 옷들이 많이 있었지만 정작 아기가 없었다. 그 탓에 부인의 성격은 점점 더 나빠졌고, 남편과 하인들조차 그녀의 성격을 감당할 수가 없었다.

여느 때처럼 저녁 식사를 마친 후였다. 푸짐하게 차려진 먹을 것들과 마실 것들을 즐기고 난 후 백작 부인은 집 앞에 산책을 나갔다. 때는 1월 3일, 한겨울이었지만 날씨는 그다지 춥지 않았다. 그 때 거지 여인과, 그녀의 목에 팔을 두르고 업혀 있는 아기 둘이 배고픔에 울고 있는 모습이 보였다.

그녀는 정원으로 들어가 부인에게 먹을 것이나 한 푼만 베풀지 않겠냐고 물었다. 최소한 빵 한 조각이라도, 우유 한 잔이라도, 하다못해 동전 한 닢이라도 줄 것이라 생각했다. 하지만 백작 부인은 그녀에게 무례하게 대하며 먹을 것도, 돈도 주지 않을 것이라 하였다. 오히려 불같이 화를 내며 아이를 하나도 아니고 둘이나 나았다며 악담을 퍼부었다.

"대체 그 아이들을 어디서 주워온 것이냐? 네 아이들이 맞느냐? 단지 내 부러움을 사고 내 기분을 상하게 하려고 그 애들을 데려온 것이지? 썩 꺼져라!"

거지 여인은 화를 꾹 참고 한 번 더 간절하게 부탁했다.

"제발 한 번만 봐주세요. 저는 괜찮으니 우리 아기들이 먹을 것만이라도 주세요."

"절대 안 된다! 네 아기들이 아니지 않느냐! 너는 거짓말쟁이이다."

부인은 계속해서 화를 내며 말했다.

"부인, 이 아이들은 정말로 제 아이들입니다. 한 날 한 시에 태어난 쌍둥이 아이들입니다. 아기 아버지는 전쟁에서 죽었습니다. 부인의 남편을 지키려다가 말입니다."

"그런 말도 안 되는 이야기를 하다니!"

부인은 더 크게 화를 내며 쏘아 붙였다.

"동시에 아이를 둘이나 낳을 수 있다니, 그건 말도 안 되는 일이다. 절대 믿지 않는다. 썩 꺼지거라!"

그리고는 나무 막대기까지 잡고 거지 여인을 쫓아내기 시작했다. 거지 여인도 더 이상은 가만히 당하고 있을 수도, 화를 참을 수도 없었다. 그들이 싸우는 모습은 마치 새끼 곰을 잃은 사나운 어미 곰들의 모습을 보는 듯 했다.

"이 사악하고 잔인하고 따뜻한 마음이라고는 없는 너 같은 여인을 하늘이 벌할 것이다."

거지 여인이 소리쳤다. 그녀의 등에 업힌 아기들은 거의 굶어 죽기 직전이라 꽥꽥 소리를 지르다 숨이 넘어갈 정도였다. 하지만 그런 울음소리에도 부인은 꿈쩍도 하지 않았다.

먹을 것과 좋은 것들을 나눠줄 만큼 충분히 가지고 있었지만 거지 여인에게는 아기들을 먹일 우유 한 방울조차 나눠줄 생각이 없었다. 결국 부인은 남자 하인들을 불러 거지 여인을 쫓아버리라 명령하였다. 그들은 아주 냉정하게 주인의 명령에 따랐다.

그들은 정원 밖으로 여인을 끌어내고 문을 쾅 닫아 버렸다. 한 아이는 등에, 다른 아이는 한 손에 들고 거지 여인은 뒤를 돌아다보며 고래고래 소리를 질렀다. 그 집 안의 모든 사람들이 들을 수 있을 정도로 큰 소리로 말이다.

"너는 반드시 일 년의 날짜 수만큼 많은 아이들을 가지게 될 것이다. 꼭 그렇게 되길 바란다."

가슴 속에 엄청난 화와 분노를 가지고 외친 그 거지 여인의 진심은 이러했다. 앞에서 말한 대로 그날은 1월 3일이었으니 새해가 사흘밖에 지나지 않은 것이었다. 그러니 여인은 부인이 한 날 한 시에 태어난 세쌍둥이를 낳고 기르며 고생해보라는 뜻으로 저주를 퍼부은 것이었다. 하지만 백작부인은 집 안에서 그녀의 절규를 듣고 눈 하나 깜짝하지 않았다. 신경 쓸 이유가 없었기 때문이다.

그녀의 남편인 백작은 어마어마한 규모의 땅을 가지고 있었고 엄청난 재산도 가지고 있었다. 으리으리한 집 안에는 10명의 남자 하인, 31명의 여자 하녀들이 일을 하고 있었고 비싼 가구들, 화려한 옷과 보석들이 가득했다. 일요일마다 부인이 가는 높은 벽돌이 쌓인 교회에는 그 집안 유명한 조상들의 갑옷이 매달려 있었다.

엄청난 크기의 돌판으로 만들어진 바닥에는 그녀 가족의 화려한 문장들이 정교하게 새겨져 있었다. 그리하여 그 바닥을 걸을 때면 마치 고랑을 낸 들판을 걷거나, 산을 오르는 듯한 기분이 들었다. 일반 사람들은 그 위를 걷다가 튀어 나온 혹이나 부리에 걸려 넘어지지 않도록 조심해야 했다. 부인이 예배를 드리러 교회에 갈 때면 그들의 하인들과 소작인들이 길게 줄을 서서 그녀 뒤를 따랐다. 교회 안으로 들어가면 백작과 그의 부인이 가장 높은 상석에 앉았는데 벨벳 쿠션이 있고 장막이 쳐진 곳이었다.

여름이 다가오면, 네덜란드의 꽤 부유한 가정들은 복식예절에 따라 갖가지 종류의 예쁜 아기 옷들을 미리 준비해놓았다. 부드럽고 따뜻한 싸개, 작은 양말, 길고 하얀 리넨 원피스 등이었다. 세례를 위해 만들어진 비단으로 만든 세례 담요에는 아주 정교한 수를 놓았다.

레이스와 분홍색, 파란색 리본 – 여자 아이에게는 분홍색, 남자 아이에게는 파란색 – 들도 준비되어 있었다. 혹시나 쌍둥이가 태어날 때를 대비하여 모든 것들은 한 쌍씩 준비되어 있었다. 아기 욕조뿐 아니라 그 용도를 정확히 알 수는 없지만 예쁜 아기 용품들이 모두 하나 혹은 두 개씩 준비되어 있었다. 뿐만 아니라 아기 이름도 이미 정해져 있었다. 아들일 때 혹은 딸일 때를 대해서 말이다. 곧 태어날 아기는 빌헬름이 될 것인가, 빌헬미나가 될 것인가?

아직 태어나지 않은 아기의 이름을 미리 생각하는 것은 상당히 재미난 일이었지만 또 이름이 너무 많아 고르기도 쉽지 않았다. 마침내 백작 부인은 마음에 드는 이름 후보들을 만들었다. 하지만 그마저도 46개나 되었다. 보통 여자 아이의 이름은 "예(je)"로 끝났다. 우리에게 익숙한 이름 "폴리(Polly)"나 "샐리(Sallie)"처럼 말이다.


여자아이이름

마그텔(Magtel), 카타리나(Catharyna), 넬레체 알리다(Nelletje Alida), 젤리아(Zelia), 안나체(Annatje), 잔네체 크리스티나(Jannetje Christina), 자라(Zara), 카트리나 요하네스(Katrina Johannes), 마리체(Marytje), 베톄(Bethje), 빌렘체(Willemtje), 에바(Eva), 기르트루이(Geertruy), 디르케(Dirkje), 페트로넬라(Petronella), 마르그리에타(Margrieta), 힐레케(Hilleke), 조시나

(Josina), 베티(Bethy), 빌렘체(Willemtje)

남자아이이름

게리트(Gerrit), 기스베르트(Gysbert), 코르넬리스자우스(Cornelis Jausze), 볼케르트(Volkert), 민데르트(Myndert), 킬리안(Kilian), 아드리안(Adrian), 요아킴(Joachim), 페트루스(Petrus), 아렌트(Arendt), 바렌트(Barent), 더크(Dirck), 베셀(Wessel), 니콜라스(Nikolaas), 메이켄(Mayken), 헨드릭 스타츠(Hendrik Staats), 테우니스(Teunis), 고젠(Gozen), 바우테르(Wouter), 야픽(Japik), 에버트(Evert)

예정일, 날이 저물기 전에 태어난 아이는 아들 하나도, 딸 하나도, 심지어 쌍둥이도 아니었다. 후보로 정해 놓은 이름 46개도 충분하지 않았다. 거지 여인의 저주가 일어나긴 했는데 그런 결과를 바란 것은 아니었다.

말 그대로 일 년의 날짜 수만큼의 아이가 태어난 것이었다. 게다가 그 해는 윤년이어서 총 366명의 아이가 태어난 것이었다. 46개의 이름은커녕, 나머지 320개의 새로운 이름도 지어야만 했다. 하지만 갓 태어난 아기들의 몸집은 생쥐보다도 작았다.

해가 뜨자마자 태어나기 시작한 아기들은 계속해서 이어져 나왔다. 가장 처음 나온 아기는 여자 아이, 그 다음에는 남자 아이, 그렇게 48번째까지 나온 후로 유모는 이름을 지어 주는 데에 거의 정신을 잃을 지경이었다. 그 많은 작은 아기들을 서로 구분지어 놓는 것도 보통 일이 아니었다. 31명의 하인 전부가 소환되어 딸들과 아들들을 구분하는 일에 동원되었다. 하지만 곧 아무 소용없는 일이 되었다.

피터, 헨리, 카탈리나, 안네체까지, 아이들을 구분하는 것은 거의 불가능한 일이었다. 그렇게 한두 시간쯤 지나고, 계속해서 새로운 아기들이 태어나니 하인들은 아무 소용없는 일인 것을 깨달았다. 남자 아이들 사이에서 피에트, 잔, 클라스, 행크, 다우, 야픽을, 그리고 딸인 몰리, 메이카, 레나, 엘세, 안나체, 마리가 모두 한데 섞여 버렸다.

결국 그들은 좌절한 채 포기하였다. 게다가 미리 만들어 놓았던 분홍색, 파란색 리본은 이미 10번째 아기가 태어났을 때부터 동이 난지 오래였다. 준비된 아기 옷들도 아무 필요가 없었는데 아기들의 몸집이 너무 작았기 때문이었다. 특히 가방처럼 생겨 안에 솜을 넣은 기다란 원피스에는 아마도 366명의 모든 아기들을 넣을 수 있을 듯한 크기였다. 그렇게 작은 몸집의 아기들이 살아봐야 얼마나 오래 살까 싶었다. 그리하여 위트레헤트의 선한 주교가 그 거지 여인의 저주가 정말로 실행되었다는 소식을 들었을 때, 물론 그런 일이 진짜로 일어나기를 바란 것은 아니었지만, 그는 태어난 아기들 모두에게 동시에 세례를 내리는 것이 좋겠다고 하였다. 전통과 교회법 둘 다 엄격하게 지키는 백작 역시 주교의 말에 동의하였다.

그리하여 태어난 아기들을 모두 교회로 데리고 가야 했다. 하지만 그들을 어떻게 데리고 갈 것인가가 또 다른 문제였다. 그 작은 아기들을 이동시킬 물건을 찾느라 온 집안을 뒤졌다. 하지만 집 안에 있는 쟁반, 고기파이 접시 등 집안의 모든 그릇들을 꺼내도 366명의 아기들을 나르기에는 부족했다. 마지막으로 남은 것은 마치 터키 사람들이 쓰는 터번처럼 생긴 "터키인 터번"이었는데, 둥근 모양의 광택이 나는 토기였으며 세로로 홈이 새겨진 곡선 모양의 그릇이었다. 그 안에 마지막으로 남은 여섯 아기들을 넣었다. 그리고는 모두 교회로 이동하기 시작했다.

또 흥미로운 사실은 가장 마지막으로 태어난 366번째 아기가 다른 형제들보다 1인치 더 크다는 것이었다. 31명의 하녀들 중 30명은 각각 12명의 아이들이 든 쟁반을 하나씩 들고 이동했으며, 마지막 "터키인 터번"에 넣은 마지막 6명은 나머지 하녀 하나가 들고 이동하였다. 비싼 비단 담요는 아니었지만 나무 쟁반으로도 충분했다.

"그루트 케르크(Groote Kerk)" 혹은 "위대한 교회(Great Church)"

에는 이미 주교와 부주교들이 세례를 위한 성수가 담긴 청동 대야를 들고 그들을 기다리고 있었다.

동네의 모든 사람들이, 심지어 개들도 나와 그 광경을 지켜보고 있었다. 키가 작은 어린 아이들은 1층짜리 집 지붕 위에 올라가기도 했으며, 그 흥미로운 구경거리를 더 잘 보고자 나무 위로 올라가기도 하였다. 헤이그에서 유례없는 일이 일어나고 있으니 말이다. 그와 비슷한 일 조차도 본 적이 없었다.

마침내 엄청난 행렬이 시작되었다. 가장 선두에는 백작이 있었다. 그의 대장들과 트럼펫 연주자들이 트럼펫을 불고 있었다. 그 뒤를 따라 가장 좋은 일요일 의복을 입은 남자 하인들이 등과 가슴에 백작의 문장을 새긴 모습으로 이동하고 있었다.

31명의 여자 하인 들이 각각 12명의 아기들이 담겨 있는 쟁반을 들고 따라왔다. 그 쟁반들 중 20개는 둥근 모양에 나무로 만들어졌고, 벨벳으로 장식이 된 부드럽고 매끈한 쟁반이었다. 하지만 나머지 10개는 여물통처럼 생긴 직사각형 모양의 토기였다. 여담이지만, 매년 그 토기에 크리스마스 파이를 굽는다.

처음에는 성 밖의 상쾌한 공기가 아기들을 잠재운 듯 누구도 우는 아기가 없었다. 하지만 그들이 교회 안으로 들어서자마자 약 200여 명의 아기들이 한 목소리로 울기 시작했다. 곧 모든 아기들이 악을 쓰며 우는 탓에 백작은 자신의 자손들에 대해 굉장히 수치스러워졌으며, 주교 역시 굉장히 언짢은 표정이었다.

설상가상으로, 여자 하녀들 중 하나가 아까 말했던 돌바닥에서 넘어지고 말았다. 그렇게 미리 주의를 주었는데도 바닥에서 약 6인치 정도 높이 솟은 돌로 조각된 고대 십자군의 투구에 걸려 넘어지고 말았다. 그녀는 대자로 뻗으며 쓰러졌는데 그 탓에 들고 있던 12명의 아기들이 쏟아지고 말았다.

"이런! 어쩐 일인가!"

그녀는 구르는 와중에도 소리쳤다.

"혹시 제가 아기들을 죽였나요?"

다행히도 그 아기들은 바로 앞에서 걷고 있던 늙은 여인의 긴 드레스 위로 떨어져 아무도 다치지 않았다. 그들은 다시 하나씩 쟁반 위로 옮겨졌고, 행렬은 다시 가던 길을 계속하였다.

주교는 366명의 아기들 이름을 일일이 부르지 않아도 된다는 소식을 미리 전해 듣고는 기뻐했다. 어쩌면 하루 종일 걸렸을 지도 모르는 일이었을 테니 말이다. 미리 정해 놓은 46개의 이름 대신 모든 남자 아이들은 "존(John)", 여자 아이들은 "엘리자베스(Elizabeth)"로 부르기로 약속하였다. 네덜란드 말로는 "잔(Jan)"과 "리즈벳(lisbet)" 혹은 "리즈베체(Lizbethje)"라고 부르는 이름이었다. 하지만 그마저도 쉬운 일은 아니었다.

존은 180번을, 리즈벳은 186번이나 불러야 했으니 말이다. 그렇지 않아도 나이가 들어 뚱뚱하고 행동이 느린 주교에게 그것은 굉장히 고된 일이었다.

첫 번째 여섯 쟁반에 담긴 아기들에게 동시에 성수를 뿌렸다. 주교는 대걸레, 혹은 붓으로 성수를 흠뻑 적셔 흔들면 동시에 모든 아기들이 세례를 받을 수 있을 것이라 하였다. 주교는 "성수반"을 요구하였다.

그는 성수가 담긴 대야에 붓을 넣고는 그것을 아기들 위로 흩뿌렸다. 마지막 터번에 담겨있던 마지막 아기 여섯 명에게도 뿌려질 만큼 말이다. 아마, 주교 생각에 터키인은 거의 이교도에 가깝다고 생각했기 때문에 다른 아기들보다 더 많은 성수를 뿌렸다. 아기들은 추운 물을 맞고는 꽥꽥 소리를 질렀다. 반대로 고기파이 접시에 담겨있던 아기들은 부드럽게 다루어졌다.

크리스마스가 곧 다가오고 있었으며 맛있는 음식들이 한 가득 차려진 상을 본 것처럼 말이다. 하지만 정상적인 크기의 아기들은 걱정할 필요도 없을 만한 것들을 이 작은 아기들은 차마 견디지 못했다.

축축한 날씨 때문이든, 벽돌 교회의 차가운 공기이든, 너무 흥분한 탓이든, 366명의 유모가 없었기 때문이든, 아니면 우유병이 모자랐든 간에 해가 저물기 전에 그 아기들은 전부 세상을 떠나고 말았다.

그 아이들이 어디에 묻혔는지 아는 이는 아무도 없다. 하지만 수백 년 동안 헤이그에 세워진 교회들 중 하나에 그 아기들의 죽음을 기리는 기념비가 하나 있었다. 고작 하루도 채 살지 못한 그 불쌍한 아기들을 위해서 말이다. 그 비석에는 백작 부부와 366명의 아기들 초상화가 새겨져 있었다. 그 근처에는 주교가 아기들에게 뿌린 성수가 담긴 대야 두 개가 매달려 있었다.

그 엄청난 일이 일어난 날짜 역시 기념비에 새겨졌다. 세계 각지에서 그 무덤을 보기 위한 사람들이 찾아왔다. 안내 책자를 본 어떤 여인들은 울음을 터뜨리기도 했는데, 만약 366명의 아기가 살아있었다면 백작의 성 안에서 각자 요람 안에 누워 있는 아기들의 모습을 상상하니 마음이 아팠기 때문이다.

## 고양이와 요람

머나먼 옛날, 우리 조상들이 숲 속에 거주하며 도토리를 먹고, 동굴에서 잠을 자고, 야생 동물의 가죽으로 옷을 지어 입고 살았을 때는 말도 소도 고양이도 없었다. 함께 지내는 동물이라고는 개가 전부였다. 지금 시대보다 그 시절에 인간과 개는 닮은 구석이 많았다. 하지만 그들은 벌이라는 존재에 대해 알고 있었다. 여인들은 벌꿀을 모아 벌꿀주를 만들었다. 그 당시에는 설탕이 없었기 때문에 아이들은 벌꿀주를 즐겨 먹었고, 꿀이 그들이 가진 유일한 단맛이었다.

그리고 얼마 지나지 않아 소들이 들어오기 시작했고 네덜란드 지방의 토양은 풀이 자라기에 좋았고 그만큼 소들의 먹이도 풍부했다. 소의 수가 점점 더 늘어나자 사람들은 소젖을 짜 먹고, 치즈와 버터를 만드는 법도 배우기 시작했다. 덕분에 네덜란드 아이들은 몸집이 커지고 아주 건강해졌다.

황소들은 힘이 아주 세서 통나무를 쓰러뜨리거나 쟁기를 갈 수도 있었다. 그 덕에 무성하던 숲은 점점 사라져 갔고 대신 다양한 색의 꽃이 활짝 핀 푸른 목초지로 변하기 시작했다. 점점 더 많은 집이 지어졌고 사람들은 부유해지고 행복해졌다. 하지만 그 땅에는 여전히 잔인한 남자들과 나쁜 사람들이 많았다.

가끔은 홍수가 몰아쳐 소들이 떠내려가고, 모래나 소금물이 온 땅을 뒤덮기도 했다. 그런 시기에는 식량이 몹시 귀해졌다. 그 탓에 태어난 아기들이 모두 살 수 있는 것은 아니었고, 살아남은 아이들조차 모두 먹일 수 있는 것은 아니었다. 특히 여자 아이들은 죽게 내버려졌는데 그 당시에는 전쟁이 잦았고 강한 전사로 키울 수 있는 남자 아이들만이 필요했기 때문이다.

그리하여 갓난아기가 태어나면 가족들이 회의를 열어 아기를 키울 것인지 죽일 것인지 결정하는 것이 관습이 되었다. 하지만 여자 아이라 하더라도 태어나서 단 한 방울의 우유라도 먹었다면 절대 죽일 수 없었다. 하지만 그 누구도 우유나 꿀을 주지 않았다면 그 아기는 그대로 죽을 운명인 것이었다.

엄마가 아무리 딸을 사랑한다 하더라도 할머니나 마을 어른들이 원하지 않는다면 아이의 입에 젖을 물리는 것은 금지되었다. 그 시절에는 남편의 집으로 시집오는 어린 신부들은 항상 시어머니의 말에 복종해야 했다. 그 집의 딸이 되고 그 집의 식구가 된 이상 말이다. 그들은 모두 한 집에 모여 살았으며 할머니의 말에 모든 것을 따라야 하는 구조였다.

 이것이 우리 조상들이 토속 신앙을 믿었던 이교도였을 당시 세상의 방식이었고, 지금의 우리 어머니, 아버지처럼 항상 어린 아이들에게 다정하기만 하지는 않았다. 늙은 할머니는 자신의 아들이 결혼을 하고 딸을 낳으면 그것보다 더 화나는 일이 없었다. 장차 건강히 자라 양손에 창과 검을 든 건장한 용사가 될 손자를 기대했던 할머니는 딸이 태어나는 순간 불 같이 화를 냈다. 아무리 얼굴이 예쁜 며느리를 들여도 제때 남자 아이를 낳지 못하면 쓸모없는 취급을 받았다. 그 시절 "Herman"이나 "War Man" 그리고 "German"은 모두 같은 의미를 가진 단어들이었다.

 프리슬란트에 선한 선교사들이 막 들어오기 시작했을 때, 복음을 가장 먼저 받아들인 가족중 하나가 아트프리드라는 가족이었다. 또한 기독교인이 된 그의 신부와 함께, 알트프리드는 선교사가 교회를 세우는 것을 도왔다. 곧 그 부부 사이에서 사랑스러운 아기가 태어났고 그의 부모는 몹시 행복해했다. 그들은 그들의 아버지와 어머니가 그들을 사랑했듯, 신께서 보내주신 작은 생명을 사랑하였다. 하지만 누군가가 이교도 할머니에게 가서는 남자가 아닌 여자아이가 태어났다는 소식을 전했고 늙은 여인은 분노에 휩싸여 당장이라도 그 아기를 잡아 죽일 듯한 모습이었다.

 하지만 그녀는 나이가 너무 많아 다리를 절뚝거리는데다가 설상가상으로 목발이 어디 있는지도 찾을 수가 없었다. 노파의 나쁜 성질을 알고 있던 산파가 일부러 목발을 숨겨놓았기 때문이었다. 노파는 이미 먹일 입이 넘쳐나는 집에 더 이상의 여자 아이는 필요 없다며 몹시 분노하고 있었다. 그 당시 식량을 구하기란 몹시 힘들었고 전쟁이 일어났을 때 가족을 지킬 병사들이 부족한 상황이었기 때문이다.

노파는 당장이라도 아기를 늑대들에게 던져버리고 싶었다. 그 노파는 이교도였으며 전쟁을 좋아하는 사악한 신을 숭배하였다. 그녀는 온화함과 평화를 가르치는 새로운 종교를 몹시 증오하였다. 노파의 이웃이었던 산파는 그 사악한 노파가 어떤 무서운 짓을 저지를까 두려워하며 목발을 숨겼다. 만약 여자 아이가 태어나더라도 살릴 가능성이 있었기 때문이다. 그녀는 위대한 창조주가 남녀를 가리지 않고 사랑하라는 새로운 종교를 믿는 아주 착한 여인이었다.

그리하여 자신의 목발을 찾으며 울부짖는 노파의 목소리를 들은 산파는 그녀가 목발을 찾는 동안 얼른 꿀이 든 병으로 달려가 검지에 꿀을 찍어 아기의 입 안에 넣어 주었다. 그리고는 창문 밖에서 미리 기다리고 있던 친구들에게 아이를 건네주었다. 태어나서 단 한 입이라도 음식을 먹은 아기는 절대 죽일 수가 없다는 법을 알고 있었기 때문이다.

창밖에 있던 착한 여인들은 자신들의 집으로 아기를 데려가 정성껏 먹였다. 소의 뿔 끝에 살짝 구멍을 내 갓 나온 따뜻한 소젖을 한 방울씩 입 안으로 흘려보내 주었다. 며칠 지나지 않아 한 소녀가 뿔을 잡아주면 아기는 직접 빨아 먹을 수 있었고, 그만큼 아기는 매일 쑥쑥 자랐다. 하지만 그럴수록 동시에 더 깊숙이 숨겨야 했다.

한편 그 어리석은 노파는 결국 여자 아이를 찾지 못했고 아이는 튼튼하고 통통하게 자라났다. 그녀의 아버지는 몰래 요람을 만들어 부인과 함께 종종 아이를 보러 갔다. 모두가 그 여자 아이를 '호닝' 즉, '작은 꿀'이라고 불렀다. 이때쯤 고양이들이 새로 들어오고 있었다. 어린 아이들이 고양이를 애완동물로 삼아 놀자 소들은 고양이들에게 질투와 시기를 느끼기 시작했다. 그 때는 사람들과 소들이 한 가족처럼 모두 한 지붕 아래 살던 시절이었다.

아이들은 고양이의 눈을 보고 하루 중 시간이 언제인지, 아침인지, 낮인지, 밤인지 구별하는 법을 배웠다. 고양이의 눈은 마치 문이 달린 것처럼 빛에 따라 열리고 닫혔기 때문이다.

호닝이 살고 있던 집에 함께 살게 된 뚱뚱한 고양이는 그 여자 아이를 몹시 좋아하는 듯 했다. 그들은 곧 가장 친한 친구가 되어 많은 시간을 함께 보냈다. 사람들은 자기 새끼보다도 오히려 호닝을 더 아끼는 것 같다고 말할 지경이었다. 그 정 많고 다정한 동물은 '덥-벨트-제' 라는 이름으로 불렀는데 호닝과 꼭 닮은 것 같다는 의미에서 붙인 이름이었다.

게다가 다른 고양이들보다도 두 배는 더 사랑이 넘치는 고양이었기 때문이다. 자기 새끼들이 아주 어릴 때 그는 입으로 새끼들을 물어 옮겼다. 하지만 호닝에게는 절대 그러지 않았다. 뭔가를 잘 알고 있는 고양이처럼 보였다. 사실 덥벨트제는 왜 인간 아기들이 발가벗고 태어나 혼자서는 아무 것도 못하는지 늘 궁금해 했다.

자기 새끼들이 이미 뛰어놀고 스스로 꼬리로 장난 치고 싸울 나이에도 호닝은 아직 기어 다니지도 못했기 때문이다. 하지만 그 어린 소녀에게는 또 다른 위험이 도사리고 있었다. 남자들은 모두 사냥을 나갔고, 여인들은 도토리와 밤을 주우러 숲으로 나가 있는 동안 엄청난 규모의 홍수가 발생한 것이었다. 엄청난 물살은 마을의 집을 모조리 휩쓸어 버렸고 모든 것은 흔적도 없이 바다로 휩쓸려 나가 버렸다.

우리의 아기 호닝은 어떻게 되었을까? 아기에 대한 걱정으로 마을로 온 부모는 딸은커녕 마을 전체가 모두 홍수에 휩쓸려 사라진 모습을 발견하였다. 덥벨트제와 그 새끼들, 그리고 소들도 모두 흔적도 없이 사라졌다.

홍수가 나서 집이 무너졌을 때 아기는 곤히 잠들어 있었다. 덥벨트제는 이미 알아서 움직일 수 있을 만큼 충분히 자라난 자기 새끼들은 내버려 두고 아기가 자고 있던 요람 위로 폴짝 뛰어 올랐고 그렇게 둘은 함께 물살에 휩쓸려 떠내려갔다. 곧 그들 눈앞에는 낯선 풍경만 펼쳐져 있었다. 그 와중에 재미난 일이 벌어졌다.

나막신 하나가 떠내려가고 있었는데 그 안에는 태어난 지 기껏해야 나흘쯤 되어 보이는 솜털 무성한 노란 병아리가 타고 있었다. 그 병아리 역시 물살이 덮쳤을 때 나막신 안에서 놀다가 어미와 다른 형제들과는 떨어져 혼자만 떠내려 온 것이었다. 밤이 되어서도 거센 물살은 그치지 않았다. 그들은 그렇게 몇 시간이고 더 떠내려가고 있었다. 하지만 그들은 걱정은커녕 잔뜩 신난 표정이었다. 요람은 마을 앞쪽의 소용돌이에 휘말렸다. 요람은 그곳에서 빙글빙글 돌았고, 더 큰 물살에 떠내려가기 직전이었다. 물살이 높아질수록 그 소리도 엄청나게 커져갔다.

한편 고양이는 어둠 속에서도 앞을 볼 수 있는 능력이 있었다. 어쩌면 낮보다 더 선명하게 말이다. 어두워질수록 눈동자가 더 커지기 때문이었다. 햇빛이 강하게 내리쬐는 낮에는 마치 칼눈처럼 보이지만 밤이 되면 눈동자가 아주 커졌다. 이것이 바로 시계가 발명되기 전에도 아이들이 고양이의 눈동자를 보고 시간을 알 수 있는 이유였다. 그리하여 그들은 고양이를 가끔씩 '클록-오흐'라고 불렀는데 '시계의 눈' 또는 '종의 눈' 이라는 의미였다. 종 시계는 다이얼이 있는 시계보다 먼저 발명되었으며 네덜란드에서는 한 시간마다 뿐 아니라 15분마다도 울렸기 때문이다.

고양이는 고개를 들어 어둠 속에 희미하게 보이는 교회를 올려다보았다. 그러더니 온 힘을 다해 울기 시작했다. 강둑 근처에 사는 누구라도 자신의 울음소리를 들었으면 하고 바랐다. 하지만 누구도 그 울음소리를 듣는 것 같지는 않았다. 덥벨트제가 죽을 힘을 다해 한 번 더 있는 힘껏 울부짖었다. 그 때 창문 하나에 불빛이 들어왔다. 분명 누군가 소리를 듣고 잠에서 깬 것이었다. 바로 성자 테오도릭의 이름을 딴 더크라는 이름의 소년이었다. 고양이는 입을 크게 벌리고 폐가 찢어질 정도로 계속 소리를 질렀다. 그 울음소리에 마을에 살고 있던 모든 고양이들이 깨어나 마치 고양이 합창단 소리를 듣는 듯 했다.

고양이의 울음소리를 들은 더크는 곧장 아래층으로 내려가 문을 열고 다시 한 번 귀를 기울였다. 바람이 불어와 촛불이 꺼지고 깜깜해졌지만 겁 없는 소년은 고양이 소리가 나는 곳으로 발걸음을 향했다. 강둑에 다다른 그는 나막신을 벗어 던지고는 소용돌이치는 물속으로 뛰어 들었다. 그리고 단번에 요람을 움켜쥐고는 육지 쪽으로 끌고 왔다.

그는 잠들어 있던 엄마를 깨워 자신이 무슨 일을 했는지 자랑스럽게 보여주었다. 요람 속 아기는 뭐가 그리 신난 지 까르르 웃으며 젖병을 툭툭 치고 발길질까지 하고 있었다. 어찌됐든 굉장히 신나 보인 것은 사실이었다. 덥벨트제를 위해서는 마루 한 가운데에 있는 벽난로 가까이에 짚으로 만든 잠자리까지 만들어 주었다. 역시 기분이 좋은지 그르릉 소리를 내더니 아기와 함께 금세 골아 떨어졌다.

고양이는 소년에게 도움을 청하였고 소년은 아기를 구했다. 그리하여 딸 없이 아들만 있던 집에는 그 아이가 복덩이였다. 세월이 흐르고 호닝은 공주처럼 아름다운 여인이 되었고 교회에서 더크와 결혼식을 올렸다. 그 때는 4월이었으며 온 세상에 예쁜 꽃들이 피어날 무렵이었다. 결혼 행렬이 교회 밖으로 나오니 공기는 꽃망울과 함께 아주 달콤한 향기를 내뿜었다.

새해가 되기 전날, 호닝이 어릴 적 누워있던 그 같은 요람에 남자 아이 하나가 누워있었다. 그들이 그 아이를 세례반으로 데려오니 착한 할머니가 그를 '루이드-이-게르'라 이름 지었다. 그는 자라서 위대한 선교사가 되었는데 프리슬란트어로 지은 그의 이름은 천년이 지난 지금까지도 아주 유명한 이름으로 전해지고 있다. 그는 나쁜 요정들, 악한 마법사들, 사악한 영혼들과 끔찍한 질병을 물리치는 존재였다. 게다가 그는 사람들이 주술이라 부르는 '아이 바이트'를 쫓아내는 능력이 있었다.

루이드이게르는 또한 사악하고 못된 요정들과 영혼들이 인간들을 속이지 못하게 만들었다. 이후 착한 마음과 고귀한 삶을 사는 착한 영혼들이 번성하였다. 늑대들은 멀리 쫓겨나거나 죽임을 당했지만 그에 반해 소나 양들은 그 수가 늘어났다. 덕분에 마을 사람들은 모두 울로 만든 코트를 입을 수 있었고 한 집 당 소 한 마리씩은 가질 수 있었다.

하지만 사람들은 여전히 홍수로 고통 받았고 때때로 소와 사람들을 순식간에 휩쓸어 버리고 모든 것을 바다로 밀어내 버렸다. 착한 선교사들은 마을 사람들에게 강둑을 세우는 법을 알려주었고 덕분에 바닷물을 밀어내고 둑 사이의 강물을 안정시키는 방법을 알려주었다. 홍수가 일어나는 빈도는 점차 줄어들었고 나중에는 거의 일어나지 않았다. 이후에 산타클로스가 마을에 왔으며 착하고 상냥한 사람들의 마음속에 살게 되었다.

그렇게 마침내 100여 년 가까운 시간이 흘렀을 때, 사랑스러운 아기였던 호닝은 어느덧 나이든 여인이 되었지만 여전히 사람들에게 상냥했고 산타클로스가 올 수 있는 길도 마련해주었다. 후에 호닝이 세상을 떠났을 때 그녀와 함께 했던 고양이, 아홉 개의 목숨을 가진 덥벨트제 역시 그녀와 함께 세상을 떠났다. 사람들은 교회 마당 아래에 호닝을 묻었고 마을의 모든 새끼 고양이들, 소년 소녀들, 그 모든 이들이 좋아하던 고양이 덥벨트제 역시 호닝과 함께 묻어주었다.

시간이 흘러 박제가 되었던 고양이의 꼬리와 털이 떨어져 나갔다. 그리고 귀도 떨어지고 반짝거리는 유리 눈알도 떨어졌다. 솜씨 좋은 예술가가 덥벨트제의 조각상을 만들었는데 그 상은 여전히 교회 앞에 자리하고 있다. 매년 12월 6일 산타클로스 날에 아이들은 그 조각상의 목에 새 옷깃을 달아주고, 아기의 목숨을 구해주었던 고양이에 대한 이야기를 했다고 한다.

## 꽁꽁 묶인 인어공주

오랜 옛날, 네덜란드 요정의 나라에는 자신의 아름다운 외모를 아주 자랑스럽게 생각하는 어린 인어공주가 살고 있었다. 그녀는 해안가 근처에서 사는 종족이었다.

그녀가 사는 곳은 민물이 바다로 흘러들어 바닷물과 민물이 섞여 강어귀 근처의 섬을 둘러싸고 흐르는 곳이었다. 하루 중 썰물일 때는 물장구도 치고, 육지로 흘러가는 물속으로 다이빙도 하고 수영을 하며 시간을 보냈다. 바닷물이 왕창 들어오는 밀물일 때 역시 마음껏 물살을 즐기며 놀았는데 지칠 줄을 몰랐다. 한편 흰 수염을 가진 그녀의 아버지는 딸의 아름다운 미모를 몹시 자랑스럽게 여겼다. 강어귀 근처의 섬은 그의 소유였으며, 어린 인어공주들은 그곳으로 나들이를 나가기도 하고 섬에 오는 인어 손님들을 맞이하기도 했다.

공주의 어머니와 숙모들 역시 인어공주였다. 그들은 모두 현명했기에 남녀를 가리지 않고 인어들에게 일어나는 일들은 모두 자신의 일로 생각하였다. 그중에 제일 중요한 것은 바로 연못을 깨끗하게 유지하는 일이었다. 개구리나 두꺼비, 뱀장어들은 연못 근처에는 얼씬도 하지 못하게 했지만, 연못을 깨끗하게 만들어주는 황새들과는 아주 가깝게 지냈다.

예의가 없거나 행실이 바르지 못한 수중 동물들은 연못 근처에도 가지 못했다. 아비새나 물떼새처럼 시끄러운 소리를 내고 어리석게 다른 동물들과 걸핏하면 싸움을 일으키는 새들도 연못 접근이 금지되었다.

인어공주들은 다리가 있든 날개가 달렸든 지느러미를 가지고 있든지 상관없이 외부 종족들 중 무례한 종들의 침입 없이 자신들끼리만 조용하고 평온한 시간을 보내고 싶어 했다. 근처에 약 10개 종족의 인어들이 살고 있었는데 그들은 자신들의 연못을 다른 인어공주들이 사는 곳 중에서도 가장 으뜸인 곳으로 만들고 싶어 했다. 나이 많은 아버지 인어가 갈대를 들고 도요새나 갈매기 등 성가신 새들을 쫓아내는 모습을 보는 것은 꽤나 재미난 광경이었다.

황새들도 차마 집어 삼키기엔 몸집이 너무 큰 황소개구리들이나 무례한 물고기들을 쫓아내기 위해서는 해초로 채찍을 만들어 휘두르기까지 했다. 물론 착한 인어 여인들은 모두 환영 받는 손님들이었다. 하지만 남자 인어들은 한 달에 딱 한 번, 보름달이 뜨는 날에만 초대를 받을 수 있었는데, 이런 결정에는 다 그럴 만한 이유가 이었다.

보름달이 뜨는 날이면 밤하늘이 너무 밝았고, 파티가 끝났을 때 남자 인어들이 여자 인어들을 무사히 집으로 데려다 줘야 했다. 왜냐하면 밤이 되면 인어들을 괴롭히기 좋아하는 바다 괴물들이 집으로 돌아가는 인어 여인들을 노리고 있었기 때문이다. 괴롭힐 뿐만 아니라 심지어 그들을 잡아먹겠다고 으름장을 놓기까지 했다. 그래서 연약한 여자 인어들은 무사히 집으로 돌아가기 위해 남자 인어들의 보호를 받으며 돌아가야만 했던 것이다. 그들의 아버지나 오빠인 남자 인어들은 상어를 제외한 바다 생물 중에서는 가장 강력한 존재였다. 알락고래나 돌고래처럼 몸집이 아주 큰 물고기들조차도 남자 인어들을 무서워할 정도였으니 말이다.

어느 날 아버지와 어머니는 어크 섬 근처에 살고 있는 친척들을 만나러 길을 떠났고 그곳에서 며칠 머무르다 돌아올 예정이었다. 그 동안 딸들은 숙모들의 보살핌을 받으며 파티를 열기로 했다. 인어들은 보통 연못 한가운데에 있는 섬에서 소풍을 즐겼는데 가만히 앉아 햇볕을 즐기곤 했다.

여느 여자 아이들과 마찬가지로 패션이나 헤어스타일에 관한 이야기를 나눴다. 그들은 각자 손거울을 가지고 있었는데 헤엄을 치는 동안에는 어떤 인간들도 그것을 찾을 수가 없었다. 인어들은 밝은 색깔의 해초로 화관을 만들었는데 주황색, 검은색, 파란색, 회색 그리고 빨간색까지 형형색색의 해초로 만들어진 화관은 그들이 마치 아주 화려한 왕관을 쓰고 있는 것처럼 보이게 만들었다. 뿐만 아니라 가끔은 아주 튼튼한 해초들로 허리를 두를 띠를 만들기도 했다.

또 그들은 주기적으로 자신들 중 가장 아름다운 인어를 여왕으로 뽑았다. 여왕을 제외한 나머지 인어들은 마치 공주가 된 것처럼 행동하였다. 그렇게 놀이를 즐기다 보면 하루가 금세 지나가곤 했다. 아무 걱정 없이 즐거움만 가득한 인어들이었다. 소금물에서 헤엄치는 동안에는 진주나 산호, 용연향 등 바다에서 구할 수 있는 귀한 것들을 찾아 나섰다. 그리고는 여왕에게 가져오거나 자신들의 몸을 치장하는 데 사용하였다. 그러면 여왕 인어와 그녀의 하녀들은 그들이 가져온 보석들로 궁궐을 세웠는데 그 궁궐은 인어들 사이에서도 아주 유명한 곳이 되었다. 그들은 종종 인간 여인에 대한 이야기를 하기도 했다.

"옷을 입는다니 얼마나 우스운 모습이야."

인어들 중 하나가 말했다.

"아마 못 견딜 만큼 추워서 옷을 입는 건가?"

자그마한 몸집의 인어가 맞장구를 쳤다. 그녀는 이제 막 손으로 변한 지느러미를 가진 아주 어린 인어였다.

"그런 옷을 입고 어떻게 헤엄을 친다는 거지?"

다른 인어가 물었다.

"우리 오라버니가 그러는데 인간 남자들은 나막신을 신는다지 뭐야! 물속에서 헤엄을 치려면 얼마나 성가실까?"

은지느러미라는 이름을 가진 또 다른 인어가 말했다.

"우리처럼 비늘이 없다니 참 불쌍한 인간들이구나."

그러면서 그녀는 자신의 몸을 덮고 있는 반짝이는 비늘을 자랑스럽게 쳐다보았다.

"믿을 수가 없구나."

그 중 유독 자신의 가느다란 허리와 아름다운 미모를 몹시 뽐내는 인어가 말했다.

"그 여인들은 우리 미모의 반도 못 따라가겠구나."

"글쎄, 사실 나는 잠시 인간 여인으로 살아보고 싶기도 해. 다리로 땅 위를 걷는 느낌이 어떤지 궁금하거든."

얌전한 목소리로 다른 인어가 말했다. 그녀는 다른 인어들이 반발할까봐 두려워하며 조심스럽게 말했다. 역시나 그들의 반응은 생각보다 훨씬 더 격렬했다. 그들은 큰 소리로 외쳤다.

"말도 안 돼! 절대 있을 수 없는 일이야! 그런 어리석은 생각을 하다니! 남들은 인어가 못 돼서 안달인데 말이야!"

그들 중 하나가 말했다.

"내가 들은 바로는 인간 여인들은 남편 옷을 빨고, 소젖을 짜고, 감자를 캐고, 바닥을 쓸고 닦는 것까지 모자라 송아지들을 돌보는 일까지 해야 한다고 했어. 그런데도 인간이 되고 싶다고? 나는 절대 아니야."

양 옆으로 넓게 퍼진 들창코의 인어가 말했다. 그녀는 옷을 입는 인간들은 아름다운 비늘의 인어들 모습에 절대 비할 바가 아니라 생각하며 비웃으며 말을 이었다.

"게다가 말이지, 그 여인들은 아주 커다란 코를 가지고 있어. 게다가 머리핀도 하고 다닌다지 뭐야."

머리핀을 하고 다닌다는 것은 그들의 긴 머리카락을 묶어야 한다는 의미였다. 그 말을 들은 인어들 중 일부는 내심 부러워하는 듯한 눈빛을 보이기도 했지만 대부분은 크게 웃었다. 하지만 그 중에서도 인어들의 배꼽을 잡게 만든 것은 바로 장갑이었다.

손가락 위를 무언가로 덮는다는 이야기를 들은 그들은 큰 웃음을 터뜨렸다. 그들 중 하나가 장난삼아 주머니처럼 생긴 해초를 손가락에 둘둘 감아보았다. 그 모양새가 얼마나 웃긴지 보기 위해서 말이다.

어느 날 그들은 여느 때처럼 섬의 풀밭에서 햇볕을 즐기고 있었다. 그러던 중 디기탈리스 수풀을 발견하였다. 그녀는 풀을 뽑아 손가락에 하나씩 감아보았다. 그리고는 다른 인어들에게로 가서 손가락을 펼쳐 보였다. 인어들은 살짝 겁이 난 듯한 표정이면서도 부러워하는 눈빛으로 그녀의 이야기에 귀를 기울였다.

이야기가 끝날 무렵 갑자기 남자 인어 하나가 물장구를 치는 모습이 보였다. 마침 그 때는 물살이 빠져나간 때라서 겨우 힘들게 헤엄을 쳐 섬으로 온 것이었다. 그의 눈에서는 소금물이 뚝뚝 떨어지고 있었는데 마치 눈물을 흘리는 것도 같았다.

그는 가쁜 숨을 내쉬며 잔뜩 지친 모습이었다. 인어 여왕은 뜻밖의 시간에 갑자기 왜 이곳에 온 것이며 몰골은 또 왜 그런 것이냐 물었다. 그러자 인어는 금세 얼굴이 빨개지며 우물쭈물하는 것이었다. 그 모습을 본 인어들은 입을 틀어막고 웃음을 참느라 혼이 났다. 그들은 서로 눈짓을 보내며 그 상황이 웃겨 죽겠다는 모습이었다. 해가 중천에 떠있는 그 뜬금없는 시간에 마치 서러워 눈물을 흘리는 듯한 모습의 남자 인어를 보고는 차마 체통을 지킬 수가 없었다.

"흑흑, 흑흑."

남자 인어의 눈에서는 여전히 소금물이 뚝뚝 떨어지고 있었다. 그가 숨을 가다듬으려 할수록 눈물은 멈추지 않았다. 한참이 지나서야 그는 제대로 말을 할 수 있었다. 그는 여왕을 보며 무시무시하게 생긴 한 무리의 인간 남자들이 나막신을 신고서는 곡괭이

와 삽, 그리고 펌프를 들고는 연못의 물을 빼내기 위해서 몰려오고 있다는 소식을 전했다. 그가 들은 바로는 운하를 만들고 둑을 세워 바닷물을 빼내려 한다는 것이었다.

"어쩌면 좋아!"

인어들 중 하나가 손을 비틀며 소리쳤다.

"이 연못이 사라지면 우리는 어디로 가야하는 거지? 매일 바다에서 살 수는 없어."

그들은 한 목소리로 울음을 터뜨렸다. 그녀들의 눈에서도 역시 소금물이 뚝뚝 떨어졌다.

"쉿!" 여왕이 외쳤다.

"나는 저 자의 말을 믿지 않는다. 단지 우리를 겁먹게 하기 위해 지어낸 이야기일 것이야. 늘 그랬듯 말이다."

사실 여왕은 그 남자 인어의 이야기는 모두 꾸며낸 것이며 은지느러미 인어를 데리고 도망가기 위한 그의 계략이라고 의심하고 있었다. 은지느러미는 인어들 중에서도 가장 미모가 뛰어나며 나이도 가장 어리고 발랄한 인어였다. 그 남자 인어와 은지느러미가 서로 좋아하는 사이이며 결혼을 하고 싶어 한다는 사실을 모르는 이는 아무도 없었다.

여왕은 그에게 고마움을 표하기는커녕 그를 내쫓아버렸다. 저녁 식사가 끝난 후 인어들은 각자 흩어졌고 여왕은 잠을 자기 위해 자신의 동굴로 돌아갔다. 하루 종일 인어들과 노느라 꽤나 지쳐있었다. 게다가 부모님이 자리를 비운 상태이니 같이 놀 친구도 없었다.

달도 뜨지 않아 사방이 깜깜했고 다음날 아침 일찍 일어나야 할 이유도 없었다. 덕분에 여왕은 평소보다 훨씬 더 오래 잠을 잤다. 다음날 해질녘이 되어서야 그녀는 잠에서 깨어났다. 잠에서 깬 여왕은 빗과 손거울을 들고는 연못에 들어가 헤엄을 치려고 했다. 헝클어진 머릿결을 다듬고 저녁을 먹을 준비를 할 생각이었다.

그런데 이게 무슨 일인가! 하룻밤 새에 모든 것이 변해있었다. 대체 무슨 일이 일어난 것이지? 주위를 둘러보니 모든 것이 달라져있었다. 연못의 물들은 거의 다 빠져나가 텅텅 빈 상태였다. 평소 찰싹 찰싹 소리를 내며 넘실거리던 강물은 조용한 연못과도 같았다. 이 무슨 해괴한 일인가! 겨우 헤엄을 쳐서 앞으로 나간 그녀의 눈앞에는 둑과 울타리들만이 넓게 펼쳐져 있었다. 그녀가 깊이 잠들어 있던 사이에 무시무시하게 생긴 인간 남자들이 와서 댐을 세운 것이었다. 그들은 늪 주위로 울타리를 세우고 강물을 빼내기 위해 땅을 판 것이었다. 그들 중 몇몇은 풍차를 세워 물을 빼내는 작업을 하고 있었다.

그녀는 그들이 세워 놓은 댐에 코를 세게 부딪치고 말았다. 당장 그곳에서 벗어나 바다로 가야한다는 생각이 들었다. 울타리를 뛰어 넘어 빠져나가려 했지만 그녀의 머리카락이 울타리에 엉키고 말았다. 머리를 풀기 위해서는 손에 쥐고 있던 빗과 거울도 내팽개쳤지만 그녀가 머리를 풀려고 애를 쓸수록 희한하게도 머리는 더 심하게 엉켰다.

결국 그녀의 긴 머리카락은 엉망진창으로 엉키고 말았다. 더 이상 빠져나갈 방법이 없었다. 이미 두려움에 질린 채 죽음만을 기다리고 있는 모습이었다. 그 때 네 명의 인간들이 그녀를 잡기 위해 다가오는 모습이 보였다. 마지막으로 한 번 더 빠져나가려 몸부림을 쳤지만 기둥에 꽁꽁 묶인 머리카락은 그녀를 놓아주지 않았다. 너무 겁에 질린 나머지 그녀는 결국 기절하고 말았다.

정신을 차렸을 때 그녀는 커다란 욕조 속에 있는 자신의 모습을 발견하였다. 눈앞에 보이는 것은 호기심에 가득 찬 어린 꼬마들의 모습이었다. 여왕은 인간들의 수족관에 잡혀온 것이었다. 인간들은 인어를 묶어 놓고는 2센트의 입장료를 받고 구경거리로 삼아 돈을 벌고 있었다. 너무나도 큰 충격을 받은 인어는 신음소리를 내며 몸을 파르르 떨더니 그대로 죽고 말았다. 어크 섬에 갔던 인어들에게도 이 슬픈 소식이 전해졌다. 급히 섬으로 돌아왔지만 그들의 집은 이미 사라진 상태였다. 그들은 당장 바다로 나가 스피츠베르겐에 도착할 때까지 쉬지 않고 헤엄을 쳤다.

'여왕 인어는 어떻게 되었을까?'

그녀는 이제 단지 연구 표본이 되어버렸고, 라이든에서 인어의 몸이 어떻게 구성되어 있는지 조사하기 위해 학자들이 왔다. 인어의 가죽은 박제되었고 반짝이던 두 눈이 있던 곳에는 유리구슬이 채워졌다. 그녀의 몸 전체가 박제되어 박물관에 전시되었다. 커다란 유리 케이스에 담겨 쇠막대기 위에 매달려 전시되었다. 그 모습을 보기 위해 수많은 예술가들이 라이든을 찾았고 최소 9명의 귀족들이 그녀의 형상을 따 가문의 문장을 새겼다.

인어들이 살던 연못은 이제 50마리의 젖소들이 사육되는 치즈 농장으로 변했으며 헛간과 화려한 집도 지어졌다. 그 넓은 들판에는 볼이 발그레하고 노란 머리카락을 가진 아이들이 나막신을 신고 뛰어 놀았다.

여왕 인어는 울타리에 얽혀버린 자신의 머리카락 때문에 살아있을 때보다 오히려 죽어서 훨씬 유명해졌다. 그녀의 친구들과 가족들의 모습은 당연히 누구의 기억 속에도 존재하지 않았다.

## 나막신의 전설

아주 오래전 옛날, 연감에조차 기록되지 않을 정도로, 혹은 시간을 기록할 수 있는 시계가 발명되기도 전 아주 오래전 옛날에 셀 수 없이 많은 착한 요정들이 태양에서 지구로 왔다. 그들은 뿌리와 나뭇잎의 모습으로 변하여 나무가 되었다.

각기 다양한 모습으로 변신하였지만 대부분 소나무나 자작나무, 물푸레나무, 참나무로 변신하여 네덜란드 땅 위를 가득 채웠다. 나무에 사는 요정들은 네덜란드 식 애칭으로 '이끼의 처녀(Moss Maidens)' 혹은 '나무 장식(Tree Trintjes)'이라고 불렸는데 영어로는 '케이트' 혹은 '캐서린'이라는 이름과 같았다.

그 당시 사람들은 도토리를 주식으로 삼은 탓에 참나무를 가장 좋아하였다. 도토리를 굽거나 삶고 으깨어 반죽을 만들어 구워 먹곤 하였다. 질긴 나무줄기는 무두질을 하여 가죽을 만들었고 나무껍질로는 배나 집을 만드는 데에 사용하였다. 나무 몸통의 가지들 아래에는 신의 가호를 빌며 토사물을 흩뿌려 놓았다.

많은 이들이 나뭇가지를 찾아와 각자의 소원을 빌었는데 병사들은 자신의 군주에게 충성을 다하기를, 여인들이나 부인들은 서로 손을 잡고 예쁜 아기를 가지게 해달라고 빌곤 했다. 그러면 나뭇잎이 무성한 가지들 위에 갓난아기가 매달리는 놀라운 일이 벌어졌다. 그러면 엄마들은 자식들을 강하게 키우기 위해 작은 묘목들 사이로 그들을 끄집어내곤 하였다. 더욱 더 놀라운 점은 그 참나무가 어떤 질병도 낫게 한다는 점이었다.

가끔 그 동네에는 '발(val or fall)'이라는 병이 유행했는데 한번 그 병이 돌면 지반이 가라앉는 것이었다. 그러면 사람들은 물론 집, 교회, 헛간 모든 것들이 땅 속으로 순식간에 꺼져 버렸다. 영영 흔적도 없이 말이다. 하지만 참나무의 뿌리는 워낙 단단하여 흙을 단단하게 잡고 있을 수 있었다. 파도 아래로 사라져버린 도시들이나 '갈대의 숲'에 관한 이야기는 모르는 이가 없을 정도였다.

한편 자작나무 아래에서는 연인들이 사랑의 서약을 하고 부드러운 나무껍질을 잘라 두개의 심장을 연결하곤 하였다. 거대한 참나무는 여름이 되면 사람들에게 시원한 그늘을 제공하였고 겨울에는 불을 지펴 추위를 잊게 하였다.

봄이 오면 새로 자라나는 이파리들의 모습은 정말 아름다웠으며 가을에는 나무에 자라는 열매나 도토리들이 땅에 떨어져 돼지들을 배부르게 하였다.

그렇게 수천 년 동안 사람들은 숲속에서 부족함 없이 살아갈 수 있었다. 당연히 그 참나무는 마을에서 굉장히 신성한 존재로 여겨졌다. 곧 새로운 존재가 마을에 등장하기 시작했다. 바로 소와 양, 말 등의 가축들이었다. 따라서 그들이 마음껏 풀을 뜯을 수 있는 초원과 논밭이 더욱 더 많이 필요하게 되었다. 따라서 사람들은 사과, 배, 복숭아, 체리 나무들을 심었고 풀과 밀, 호밀, 보리도 밭에 심기 시작했다.

곧 나무들로 빽빽하게 차 있던 컴컴한 숲은 점차 사라지고 햇볕 아래 넓게 펼쳐진 정원과 과수원이 차지하는 공간이 넓어져갔다. 하지만 그 때까지 사람들에게는 큰 변화가 일어나지 않았다. 몇몇의 사람들은 가죽 조각을 발에 신고 다녔지만 여전히 대부분은 맨발로 다니는 것을 당연하게 여기고 있었다.

숲의 나무들은 계속해서 베어져야만 했다. 마을의 남자들은 도끼로 나무들을 베느라 정신이 없었고 그렇게 몇 년이 지나니 숲은 흔적도 없이 사라졌다. 네덜란드의 모습이 완전히 바뀌게 되었다. 빨간 지붕의 집들은 굴뚝과 풍차, 제방을 가지는 것이 당연한 것으로 여겨졌다.

울창한 숲으로 뒤덮여 있던 땅은 완전히 변해버렸다. 그 마을에는 아주 착한 목수 하나가 살고 있었는데 각종 도구를 다루는 솜씨가 아주 뛰어난 사람이었다. 네덜란드어로 참나무를 뜻하는

'아이크(Eyck)'라는 이름의 자식들 역시 아버지의 일을 물려받아 함께 하고 있었다. 네덜란드 풍습에 따라 아버지는 막내를 불러 새로 지을 집의 주춧돌을 놓으라고 시켰다. 막내아들의 이름은 '닐체(Nelltje)' 혹은 '반 아이크(Van Eyck)'였다.

목수는 울창한 숲이 사라진 것에 대해 줄곧 비통해 하였다. 단 한 그루의 참나무도 남아있지 않은 것에 대해 얼마나 슬펐는지 눈물까지 흘릴 정도였다. 더군다나 이제 바닷물을 막기 위해 제방까지 세워졌으니 땅은 곧 깊숙한 아래로 꺼져버릴 것이라 걱정하며 몹시 두려워하였다. 그렇게 되면 마을의 모든 사람들, 갓 태어난 아기들과 남자 여자 가릴 것 없이 모든 사람들을 비롯하여 그들이 키우던 가축들도 모두 물에 휩쓸려 갈 것이 분명했다.

하루하루를 슬픈 생각에 잠겨 있던 목수 앞에 이끼요정과 나무요정이 폴짝폴짝 뛰며 나타났다. 그러더니 참나무가 전하라는 말이 있다는 것이었다. 그 말만 남긴 채 요정들은 깔깔 웃으며 냅다 사라져버렸다.

반 아이크는 숲속으로 가 오래된 참나무 앞에 섰다. 아버지가 굉장히 아꼈던, 누구도 그 나무의 어린 가지 하나도 함부로 베게 하지 못하였던 그 나무. 위를 올려다보니 나뭇잎들이 흔들리며 부스럭 소리를 내고 있었다. 갑자기 꽤 기다란 나뭇가지 하나가 아이크 앞으로 휙 다가오더니 그의 귀에 대고 무언가를 속삭이기 시작했다.

"슬퍼하지 마라. 너의 조상들은 네가 본 것보다 훨씬 더 훌륭한 일들을 하였다. 나와 다른 참나무들은 곧 목숨이 다하겠지만 햇빛만큼은 영원히 이 땅 전체를 밝게 내리쬐어 땅을 말릴 것이다. 게다가 도토리보다 훨씬 더 맛이 좋은 음식들도 얻게 될 것이다. 이제 온 땅이 초록색으로 변하고 새로운 마을들도 생겨나게 되었으니 우리 나무들도 다시 생명을 얻게 될 것이다. 하지만 참나무가 아니라 다른 모습으로 태어날 것이다.

너희 인간들이 무엇을 원하든지, 따뜻함, 편안함, 불, 빛, 혹은 부를 원한다 해도 그에 맞는 것들을 주는 것으로 태어날 것이다. 그러니 땅이 가라앉아 살아질 걱정은 전혀 하지 않아도 된다. 참나무와 자작나무, 너도밤나무, 그리고 소나무들이 영원히 이 땅에 버티고 있을 것이다. 너희들의 집이 무너지지 않게 단단히 잡고 있을 것이다. 우리의 얘기를 그대로 믿어도 좋다. 더 이상 슬퍼하지 않아도 된다. 너희를 위해서라면 기꺼이 우리의 몸을 희생할 것이다."

"그것들이 모두 다 어떻게 가능하다는 건지 사실 이해가 되지 않는다." 아이크가 말했다.

"아무 걱정 마라. 모두 다 이루어질 것이다."

나뭇잎이 다시 부스럭거리더니 이내 사방이 고요해졌다. 이끼

요정과 나무요정이 다시 손을 잡고 아이크 앞에 나타났다.

"우리가 친구들과 함께 너를 도와줄 거야. 일단 나무를 톱질해서 30cm정도 길이로 자르렴. 나무가 축축하지 않은 지 잘 확인하고 오늘 밤 잠자리에 들기 전에 부엌에 놓아두고 자렴."

그들은 좀 전처럼 또 다시 서로를 바라보고 깔깔거리더니 금세 모습을 감추어 버렸다. 대체 이게 다 무슨 일인가 싶어 아이크는 잠시 생각에 잠겼다. 그러더니 장작을 쌓아 둔 곳으로 가 요정들이 말한 대로 나무들을 톱질하기 시작했다. 부인과 저녁식사를 마친 후에는 그 나무 조각들을 부엌에 놓아두었다.

다음 날 아침, 잠에서 깬 아이크는 간밤의 꿈이 떠올랐다. 옷도 갈아입기 전 허겁지겁 부엌으로 달려가 보니 탁자에는 아주 멋진 나막신 한 쌍이 놓여 있었다. 하지만 어떤 장비도 보이지 않았고 대팻밥이나 나무 부스러기의 흔적들은 전혀 보이지 않았다. 참나무의 은은한 향기만 코끝에 흐르고 있을 뿐이었다.

다시 한 번 나막신을 찬찬히 보니 아주 매끈하게 다듬어진 모습이었다. 적당한 굽도 있고 앞부분은 살짝 뾰족하게 튀어나와 있어 누구의 발에도 잘 맞을 듯한 모양새였다. 당장 신어보니 예상대로 발에 딱 맞았다.

부인이 깨끗이 닦아 놓은 부엌 바닥을 걸어보았다. 하지만 부인이 소금까지 뿌리며 너무 박박 닦은 탓에 마치 얼음 위를 걷는 듯 거의 미끄러질 지경이었다. 몇 번이나 미끄러지고 공중 줄타기를 하듯 겨우 중심을 잡았지만 또 한 번 벽에 코를 찧을 뻔했다. 아무래도 집 안에서는 신을 것이 못 되겠다 싶어 당장 나막신을 벗었다. 하지만 바깥에서는 아주 편하게 신을 수 있었다. 전혀 무겁지 않고 발도 편하며 한참을 걸어도 굉장히 편안한 신발이었다.

그 날 밤 아이크는 꿈을 꾸었다. 요정 둘이 창문을 통해 부엌으로 들어왔다. 하나는 까무잡잡하고 못생긴 카바우테르였는데, 무슨 장비 같은 것들이 잔뜩 들어있는 상자를 들고 있었다. 또 다른 하나는 안내원처럼 보이는 하얀 얼굴의 요정이었다.

카바우테르는 들어오자마자 대뜸 톱, 손도끼, 송곳, 기다란 끌처럼 생긴 칼, 그리고 마무리용 대패를 꺼냈다. 누가 대장을 할 것인지 자기들끼리 다투는 것처럼 보였다. 그리고는 언제 그랬냐는 듯 일을 하기 시작했다. 카바우테르는 나무 조각을 꺼내 들고 표면을 다듬기 시작했다. 그리고 나무속을 파내 신발 한 쌍을 뚝딱 만들어 내었고 요정이 그것을 받아 매끈하게 다듬었다.

자기 발을 신발에 넣어보더니 춤을 추려는 듯 보였다. 하지만 바닥이 너무 미끄러웠던 탓에 바로 넘어져 코를 찧고 말았다. 다행히도 카바우테르가 요정의 코를 원래대로 끄집어 내주어 별 문제는 없었다. 둘은 갑자기 나막신을 신고 왈츠를 추더니 신발을 벗어 던지고 창밖을 뛰어 넘어 도망가 버렸다.

이번에는 아이크가 나막신을 신어 보았다. 들판이든 진흙탕이든 어디든 간에 그 신발만 신으면 아무 문제가 없을 듯한 완벽한 신발이었다. 아무리 미끄러운 진창에서도 신발은 빠지지 않았고 아무리 오래 걸어도 전혀 불편함이 없는 신발이었다. 그 나막신은 발을 불편하게 조이지도 않았고 방수 능력도 완벽한 신발이었다.

아이크의 부인과 아이들은 남편, 아버지가 나막신에 굉장히 만족해하는 모습을 보고는 자기들도 신어보고 싶었다. 그들은 나막신을 무엇이라 부르냐고 물어보았다.

"클롬폰(Klompen)'이라 한다."

그리하여 나막신은 네딜란드에서 여전히 '클롬폰' 혹은 '클롬프'라 불리고 있다.

"이것을 만들어 팔면 돈을 엄청 많이 벌 수 있을 것 같다."

아이크가 말했다.

"당장 클롬프 상점을 열어야겠다."

아이크는 당장 대장장이를 찾아가 꿈에서 요정들이 했던 것처럼 똑같이 모루로 쇠를 두드리게 시켰다. '나막신 상점' 이라는 간판을 내걸고는 어린 아이들부터 다 큰 성인들이 신을 수 있는 클롬프를 만들기 시작했다. 그냥 길거리를 돌아다니든 밭일을 하든 상관없이 신을 수 있는 신발이었다. 곧 클롬프는 마을 전체에 유행으로 퍼져 나가기 시작했다. 누군가의 집에 들어갈 때는 신발을 문 앞에 벗어 두고 들어가는 것이 예의였다. 여인들 역시 정원에서 일을 하거나 그냥 돌아다닐 때에도 나무로 만든 슬리퍼를 신고 다녔다.

클롬프의 유행으로 양털로 만든 따뜻한 양말과 스타킹도 유행이 되기 시작했다. 곧 마을의 모든 바늘들은 그 수요를 따라가느라 쉴 틈이 없었다. 신발 안창에 부드러운 쿠션을 덧대는 역할이었다. 여인들은 시장가는 길이나 거리에서 수다를 떨 때에도 뜨개질을 했다. 얼마 지나지 않아 클롬프 상점들은 마을 곳곳에 생겨났다.

하룻밤 꿈으로 부자가 된 아이크는 어느 날 밤 또 다른 꿈을 꾸었다. 다음 날 그는 상당히 만족한 듯한 얼굴을 하고 있었다. 길거리에서 그와 마주친 모든 사람들이 반갑게 인사를 건넸다.

"좋은 아침입니다. 아이크 씨. 밤새 푹 주무신 모양입니다."

네덜란드식 안부 인사였다. 아이크는 그에게 꿈 이야기를 해주었다. 이끼요정과 나무요정이 다시 자신을 찾아와 춤을 추더라는 것이었다.

"이번에는 무엇을 만들면 되는 것인가?"

그가 미소를 띠며 요정들에게 물었다. 카바우테르는 나무 조각을 들고 속을 파내고 있었다. 그는 워낙 정신없이 일을 하고 있느라 얼굴에 검댕을 묻히며 잔뜩 꾀죄죄한 모습이었다. 한 손에는 도구 상자를 들고 다른 손에는 정체를 알 수 없는 무언가를 들고 있었다. 얼핏 봐서는 쇳덩어리처럼 보였는데 단단한 밧줄이 묶여 틀 안에 들어있었다.

"이것이 무엇인가?" 아이크가 물었다.

"말뚝 박는 기계, 항타기라고 하는 것이다."

카바우테르가 대답하며 어떻게 사용하는 것인지를 몸소 보여주었다.

"내일 어떤 남자가 당신에게 안부 인사를 하면 그를 비웃어 주거라."

이끼요정은 이번에도 깔깔거리며 웃고 있었다.

"알겠다. 그건 그렇고 이제 너는 마을 사람들에게 도시를 어떻게 짓는지, 교회와 높은 탑들, 높은 집들을 어떻게 세우는지 말해줄 수 있지 않느냐. 나무를 베고 가지를 다듬고 날카롭게 만들어 땅 아래에 쾅쾅 두드리면 된다. 그 오래된 참나무가 사람들을 위해서라면 무엇이라도 하겠다고 하지 않았느냐?"

아이크가 한꺼번에 너무 많은 질문을 쏟아내는 바람에 요정은 자신도 모르게 너무 오래 그곳에 있었다. 창문 틈 사이로 얼핏 보니 동이 터오고 있었다. 한 줄기 햇빛이라도 그들에게는 굉장히 치명적이었기 때문에 이끼요정과 나무요정은 재빨리 창문 밖으로 날아가 버렸다.

"이것으로도 엄청난 돈을 벌 수 있겠군."

아이크가 만족해하며 말했다. 그는 얼른 항타기를 만드는 공장을 짓기 시작했다. 남자들을 숲속으로 보내어 키가 크고 튼튼한 나무들을 골라 베어오도록 시켰다. 그는 나무 둥치를 뾰족하게 자르고는 항타기에 실어 땅 속 깊이 내려 보냈다. 그렇게 하면 부드러운 흙 속에 단단한 토대가 만들어져 집이나 건물들을 튼튼하게 세울 수 있는 것이었다. 아무리 높은 교회나 건물이라도 무너질 일이 없었다. 폭풍우가 불어도 첨탑은 무너질 걱정이 없었다.

고대 네덜란드 땅은 프랑스 땅처럼 비옥하지도 않았고 영국처럼 양을 키우지도 않았으며 벨기에처럼 직공들도 많지 않았다. 그 대신 높고 화려한 건물들이 세워졌다.

대성당과 성들은 마치 하늘나라에 닿을 만큼 높이 세워졌다. 게다가 바닷물을 막기 위해 둑과 제방들이 세워졌으며 그 덕분에 푸르른 초원이 훨씬 넓게 펼쳐질 수 있었다. 마을의 모든 어린 아이들이 즐겁게 뛰어놀 수 있었다. 네덜란드는 정말 부족함 없이 모두가 행복한 곳이 되었다.

# 녹이 슨 동전

"금은 여인을 하얀 페니처럼 만든다."

요정들이 살던 시대에 네덜란드에 전해진 속담이다. 이것이 의미하는 것이 무엇일까? 하얀 페니를 본 적이 있는가?

아주 오래 전 옛날에는 페니가 하얀색이던 시절이 있었다. 은으로 만들어졌기 때문이다. 페니 하나 당 실링, 혹은 25센트 가치를 가지는 동전이었다. 네덜란드 화폐는 영국보다도 먼저 파운드, 실링, 펜스가 있었기 때문에 s, d 등의 화폐 기호가 각각 의미하는 것이 무엇인지 사람들은 모두 다 알고 있었다.

오래 전 옛날, 그러니까 네덜란드 집들이 유리창이나 리넨으로 만든 옷, 신발, 모자, 소, 말, 버터, 치즈 등을 먹기 전 아주 오래 전 옛날에는 돈에 대한 개념이 없었다. 돈에 대한 관심도 거의 없던 시절이었다.

대부분의 네덜란드인들이 모든 것을 골고루 가지고 있었기 때문에 부족한 것이라고는 거의 없었다. 가끔 필요한 것이 생기면 다른 나라와 물물 교환을 해서 얻었는데 특히 소금, 모피, 생선 등을 교환하였다. 하지만 그 과정에서 문제가 하나 생겼다.

두 나라 중 한 나라는 분명 더 강하거나 부유했기 때문에 갈등이 생길 수밖에 없었던 것이다. 그들은 숲이나 강가에서 얻을 수 없는 것들을 주로 요구하였다. 그리하여 곧 행상인들이 남쪽 지방에서 올라오기 시작했다.

여태 본 적 없는 물건들, 거울, 보석, 옷 등 신기한 것들을 가져왔고 그 물건들은 여인들의 관심을 끌기에 충분한 것들이었다. 그들은 남편이나 아빠를 졸라 사 달라고 요구하기 바빴다.

남자들은 쇠로 만든 장비들이나 무기, 짐승을 잡을 수 있는 덫, 수레 등에 관심이 많았다. 정식으로 무역이 시작되었을 때는 진짜 화폐가 필요할 수밖에 없었다. 그리하여 그 때부터 진짜 동전들이 사용되기 시작한 것이다. 마을에서는 금과 은, 구리로 만든 동전들이 통용 되었고 시내뿐 아니라 황무지와 시골 지방에서도 널리 사용되었다. '돈'이라는 단어가 처음 사용된 것도 바로 이 시기였다.

"돈, 돈이 무엇입니까?"

많은 병사들이 탐탁찮은 말투로 물었다. 그러자 마을에서 꽤 지혜롭다고 소문 난 남자들이 그들에게 설명해 주었다. 로마 여신 '주노 모네타(Juno Moneta)'의 이름을 따서 만들어진 것이라

하였다. 그 여신은 정직하고 올곧은 사람은 절대 돈이라는 재화를 탐내지 않은 것이라 하였다. 그리고 곧 그녀의 사원에 조폐소가 만들어졌고 그곳에서 돈이 만들어지기 시작한 것이다. 후에 네덜란드에서는 그 단어 자체가 돈을 의미하는 것으로 사용되었다. 하지만 사람들은 더 짧은 시간 안에 부자가 되기를 열망하였다. 하지만 이제는 '금'이라는 단어가 꼭 진짜 금화뿐만 아니라 일반적으로 '돈'을 의미하는 단어가 되었다.

서로마 제국 황제 샤를마뉴 대제가 지배하던 시절에 그는 사람들이 돈을 만들어내는 것을 흔쾌히 수락하였다. 행상인들뿐만 아니라 롬바르드 족(남쪽 지방에서 온 턱수염 난 사람들)이 일반 일꾼들 보다 훨씬 더 빠른 속도로 부를 모았다. 그들은 돈을 다루는 동시에 엄청난 부를 축적하는 것처럼 보였다.

은화의 역할을 알게 된 남자들은 부인에게 그것을 선물하기 시작했다. 그러면 부인의 얼굴은 기쁨으로 환해졌다. 그 때부터 '하얀 페니'는 행복한 여인의 웃는 얼굴을 의미하는 표현이 된 것이었다. 하지만 예나 지금이나 사람들은 무언가를 가지면 만족하는 것이 아니라 점점 더 더 많은 것을 원했다.

어린 아이들조차도 돈만 있으면 원하는 것은 무엇이든 살 수 있다는 것을 일찍부터 알게 되었다. 그 결과 마을에는 상점들이 계속해서 생겨났으며 사람들의 흥미와 관심을 끌 만한 진기한 물건들도 그 종류가 점점 더 늘어났다.

  어떤 사람들은 돈을 소비하는 것과 동시에 소유하고 싶어 했다. 케이크를 먹는 동시에 케이크가 없어지지 않기를 바라는 것처럼 말이다. 하지만 그것은 곧 불가능한 일이라는 것을 깨달았다. 그 나라에는 똑똑한 사람들이 많긴 했지만 동시에 어리석고 멍청한 사람들도 여전히 많았다. 어떤 이들은 돈을 저축하여 가난한 사람들을 도우며 만족하는 삶을 살았다.

  어떤 가장들은 '저금통' 같은 것에 돈을 저금하며 아이들에게 올바른 돈의 사용법에 대해 교육하기도 했다. 그 당시에는 가족을 대표하는 이름을 짓는 것이 관습이었다. 그래서 딸들이 단순히 딸로, 아들들이 단순히 아들로 불리는 것이 아니라 이름을 지어 부르는 것이었다. 게다가 페니가 한창 유행하던 때였으니 성에 페니를 집어넣는 것도 자연스레 유행이 되었다.

  사실 페니 동전은 축축한 네덜란드 기후에서는 쉽게 녹이 슬고 곰팡이가 생겼다. 그리하여 돈을 소비하지 않고 저금하는 데에는 상당한 노력이 필요하였다. 즉, 돈을 소비하지 않는 인내심과 자제력도 동시에 요구되는 일이었다.

  '스킴멜페니그(Schimmelpennig)' 혹은 '녹이 슨 동전(mouldy penny)'라는 이름은 영예로운 의미를 가지게 되었다. 그 사람들은 주로 지혜롭고 선하며 훌륭한 사람으로 여겨졌다. 그들은 돈을 낭비하는 일이 없었고 유용하고 효율적으로 소비하는 방법을 알고 있는 사람들이었다.

반면, 인색하고 비열한 사람들도 여전히 존재하고 있었다. 그들은 돈이 짤랑거리는 소리는 무척 좋아했지만 돈을 현명하게 쓰는 방법을 전혀 알지 못하고 그저 동전을 쌓아두는 데에만 급급할 뿐이었다. 그들은 금고나 손가방, 더 이상 쓰지 못하는 병, 냄비 속에 꽁꽁 숨겨두었다. 그것들을 벽돌 속이나 굴뚝 안에 숨겨 두고 밤이 되면 아무도 보지 않을 때 돈을 세며 문지르면서 짤랑거리는 소리를 들으며 흐뭇한 미소를 지었다.

남을 도울 생각은 안중에도 없는 사람들이었다. 그 결과 사람들은 크게 세 부류로 나누어졌다. 검소한 사람, 돈을 헤프게 쓰는 사람, 그리고 구두쇠. 마지막 두 부류는 당연히 누구도 좋아하는 사람들이 없었다. 어떤 사람들은 아프거나 나이 들었을 때를 대비하여 돈을 숨겨두기도 했는데 사실 이것은 잘못된 일은 아니었다. 비록 몇몇 사람들이 '빈 수레가 요란하다.'라며 비웃기는 했지만 말이다.

사람들은 결혼할 때조차도 주교로부터 돈을 절약하라는 충고를 받았다. '가난하고 도움이 필요한 자를 돕기 위해서' 말이다.

한편 지하세상에서 살고 있는 요정들이 이 네덜란드 사람들에 대한 이야기를 듣게 되었다. 조폐소를 만들어 돈을 찍어내고 있다는 말을 들은 요정들은 그들을 돕거나 혹은 괴롭히기 위해 무엇을 해야 할지 의견을 나누기 시작했다. 무엇을 하든 간에 재미난 일이 일어나기를 기대하는 눈치였다. 특히 늘 짓궂은 장난을 벌이는 카바우테르들에게 딱 좋은 기회였다.

그들은 망치와 펀치를 휘두르며 가짜 돈을 만들기 시작했다. 엘프들과 힘을 합쳐 구두쇠들을 속여 진짜 돈이라 믿게 만들 작전이었다. 카바우테르 둘이 만나 작전에 대한 이야기를 나누었다.

"인간들이 이렇게 멍청한 종족들이라니 참 놀라운 일이다."

그 중 하나가 말했다.

"나이든 남자 중에 브렉이라는 자가 있다. 그는 50년 동안 동전을 엄청 쌓아 오기만 했다. 그 결과 엄청난 양의 길더와 니켈화들을 가지고 있다. 하지만 그 뿐이다. 돈만 많이 모으면 뭘 하나 속이 밴댕이 만한데 말이다. 내가 그에게 돈을 절대 쓰지 말고 꽁꽁 숨겨두기만 하라고 했다. 그 결과 그의 금고는 지금 터지기 직전이다. 그런데 지난 밤 그가 죽어버렸다. 하지만 누구도 그를 땅에 묻어줄 생각은 없지. 그럴 가치가 있다고 생각하는 사람들이 없으니 말이다. 오늘 길을 가던 중에 누군가가 브렉이 얼마의 돈을 남기고 죽었느냐고 묻더군. 그러자 이렇게 대답하더군. '남은 것이 전혀 없다. 그가 싹 다 들고 죽어 버렸다. 남길 만큼 많은 돈을 가지고 있지도 않았기 때문이다.'"

"흥미로운 이야기이군."

그의 말을 들은 다른 카바우테르가 말했다. 그는 사악한 표정을 짓고 있었다.

"뭔가 재미난 일이 벌어질 것 같군. 사람들을 쪼글쪼글하게 만드는 것이 이제 내가 할 일이다. 생전 처음 해 보는 일이지만 돈을 모을 수 있는 아주 재미난 일이 되겠군."

그 못생긴 악당들은 주위를 기웃거리기 시작했다. 마치 들어가서는 안 될 곳을 몰래 기웃거리는 모양새로 말이다. 그들의 목표는 하나였다.

인간들이 돈에 미치게 만드는 것, 옳지 않은 방법으로 부자가 되는 것을 부추기는 것이었다. 안타깝게도 그들은 그 계획을 성공시킬 수 있을 만한 방법들을 여러 가지 생각해낼 수 있었다. 지혜로운 사람들조차도 바보로 만들 수 있는 방법들 말이다.

그는 여태 쌓아온 부를 버리라고 세뇌시키기 시작했다. 사람들은 점차 구두쇠가 되어갔고 그런 사람들에게 카바우테르는 '스킴(Schim)' 이라는 이름을 지어주었다. 그림자를 의미하는 말이었다. 그 불쌍한 사람들은 인정머리가 없는 것으로 여겨졌다.

곧 카바우테르 사이에서 큰 회의가 열렸다. 땅 아래 어두운 지하 동굴에서 회의가 열렸다. 각자 여태 무슨 일을 했는지 한 명씩 이야기를 꺼냈다. 모든 카바우테르의 이야기를 들은 우두머리가 큰 소리로 외쳤다.

"나는 세 형제에 대해서 그리고 그들이 각자 처음 얻은 페니로 무엇을 했는지 이야기 하고자 한다."

"어서 해보십시오." 모두가 한 목소리로 외쳤다.

"나는 젊은 스킴 하나를 잡았다. 그는 작년에 결혼을 하였는데 부인에게 길더 한 푼 준 적이 없었다. 탁자는커녕 치즈를 살 돈도 아끼는 구두쇠였다. 부인이 탈지 우유와 보리로만 겨우 끼니를 이어가도록 만드는 아주 궁색한 남편이었다. 게다가 가난한 이들을 돕는 일도 전혀 없었다. 갓 만들어낸 반짝반짝한 은화를 꽁꽁 숨겨두는 것을 보았다. 그의 집 굴뚝 속에 말이다. 그것을 본 나는 얼른 지붕을 타고 올라가 그것을 훔쳐 도망쳐왔다. 동전들이 든 지갑을 왁스로 칠하여 부둣가 근처 배 속에 숨겨두었다. 그럼 그 동전은 곧 녹이 잔뜩 슬 것이다. 하하하."

그 말을 들은 모든 카바우테르 들이 마치 알을 낳은 암탉의 울음소리처럼 깔깔 웃음을 터뜨렸다.

"아주 잘했습니다! 그 스킴 아주 쌤통입니다!"

그들 중 하나가 외쳤다. 그는 불쌍한 인간들을 잘 돕는 이였다.

"이제 그의 형에 대한 이야기를 해볼까 한다. 그에게는 부인과 아이가 있었다. 그는 아까 말한 남자와는 전혀 반대로 부인과 아기에게 먹일 음식은 전혀 아끼지 않았고 나이든 노모도 정성스럽게 돌보는 남자였다."

"그는 거의 매주 가난한 아이들을 도왔다. 보통 엄마나 아빠가 없는 아이들이었지. 그의 말을 엿들었는데 언제나 불쌍한 고아들을 돕는 것이 꿈이었다고 한다. 그래서 그가 잠들어 있는 어느 날 밤에 내가 그의 꿈에 나타나 속삭여주었다."

"동전을 녹이 슬지 않는 곳으로 옮겨 두고 '구르는 돌에는 이끼가 끼지 않는다.' 라는 속담은 잠시 잊어 두라고 하였다. 금 세공인에게 돈을 맡겨 두면 금세 이자가 엄청 불어나 큰 돈을 얻게 될 것이라고도 하였다. 그럼 그가 죽은 후에도 돈은 고아들의 집을 지어줄 만큼 엄청난 액수가 모이게 될 것이라 하였다. 집뿐만 아니라 그 안에 채워 넣을 침대와 음식, 양육비까지도 모두 충당할 수 있을 정도라 하였다. 그 뿐만이 아니라 그 모습을 본 다른 사람들 역시 좋은 영향을 받아 고아원을 지을 것이라 하였다. 그럼 곧 우리는 마을 전체에 더 많은 고아원들이 생기는 모습을 볼 수 있겠지. 엄마 아빠가 없는 아이들도 더 이상 배가 고파 우는 일이 없을 것이다. 네가 가지고 있는 돈을 녹슬게 그냥 두지 말라고 일러두었다."

"자, 그리고 마지막 한 명, '스필 페니'라고 불리는 그 형제가 아침에 일어났는데 심한 두통이 있었다고 한다. 간밤에 별 볼일 없는 사람들과 술을 마시는 데에 돈을 진탕 쓴 것이 떠올랐다. 집에는 먹을 것도 없고 옷도 다 헤진 것만 입으며 아기가 가지고 놀 장난감도 없는데 말이다. 참다못한 부인이 남편에게 불만을 털어놓자 그는 사과는커녕 냉큼 집을 나와 버렸다. 결국 간다는 곳이 또 술집이었다. 소위 '술김에 내는 용기(Dutch courage)'이라 불리는 술을 시켰는데 우리가 흔히 알고 있는 진이었다. 그는 단숨에 술잔을 비워버렸다. 그리고는 무엇을 했을까?"

"무엇을 했습니까?"

카바우테르들은 궁금해 죽겠다는 목소리로 외쳤다.

"옷가게에 가서 양복 한 벌을 샀다."

"다른 사람들도 다 비슷한 행동을 했을 겁니다."

나이든 카바우테르가 말했다.

"마침 그 때는 마을 축제가 열리는 날이었다. 그래서 그 날 오후부터 밤까지 돈을 헤프게 쓰는 사람들은 모두 모여 흥청망청 돈을 쓰기 시작했지. 술을 마시느라 다들 정신이 없었다. 자정이 다 되어 진에 잔뜩 취한 그는 하수구 근처에서 비틀거리다가 돌에 머리를 부딪쳐 잠시 쓰러져 의식을 잃고 말았다."

"밤늦게까지 남편이 들어오지 않자 부인은 다음 날 아침 일찍 그를 찾아 나섰다. 길 위에는 몇몇 남자들이 쓰러져 잠들어 있었다. 혹시 남편인가 싶어 한 명씩 얼굴을 확인해 보았다. 마치 번철 위에 메밀을 확인하는 것처럼 말이다. 마침내 남편을 찾았지. 하지만 아무리 흔들고 옷을 잡아 당겨도 깨어나지 않는 것이었다. 그 불쌍한 남편은 간밤에 죽고 만 것이지."

"한편 그 마을에는 아주 탐욕스러운 장의사가 한 명 살고 있었다. 죽은 남편의 시체를 싣고 부인에게 가서 장례를 치르려면 어마어마한 돈이 필요하다며, 그렇지 않으면 죽어서도 영혼이 정처 없이 떠돌 것이라 말을 지어내며 돈을 뜯어내는, 아주 솜씨가 좋은 장의사였다. 그러면 순진한 미망인은 소를 팔아서라도 남편의 장례를 잘 치러줄 생각이었다. 하나 밖에 없는 소를 팔고 나면 당연히 그녀는 빈털터리가 될 수밖에 없었다. 결국 스필페니의 이야기는 그렇게 끝이 났지."

"꽤 흥미로운 이야기이군요."

카바우테르들이 한 목소리로 외쳤다.

"역시 자업자득입니다. 자, 이제 구두쇠 브렉에 관한 이야기를 마저 들려주시오. 어서요."

"좋다. '돈이 많을수록 근심이 많아진다.'는 옛말은 그에게 별로 해당되지 않는 듯 보였다. 나와 내 조수들이 그가 가진 모든 돈을 훔쳐 달아났기 때문이다. 그는 수년간 페니 동전을 찾아왔다. 하지만 단 한 푼도 발견하지 못했다. 만약 그가 동전을 발견했다면 그 돈들은 고스란히 곰팡이에 뒤덮인 신세가 되었겠지. 하지만 앞으로도 그럴 일은 전혀 없을 것이다."

"어째서죠?" 어린 카바우테르가 물었다.

"일단 그는 배를 모는 선장에게도 그 임금을 지불하지 않을 것이다. 그럼 그들은 곧 일하기를 거부하겠지. 그럼 직접 배를 몰려고 할 것이고. 하지만 전혀 경험이 없는 사람이 몰 만큼 배가 그렇게 간단한 물건은 아니다. 곧 배는 뒤집히고 브렉은 물살에 휩쓸리겠지. 시체도 찾지 못하니 장례식에 큰돈을 쓸 일도 없을 것이고 그럼 장의사 역시 돈을 벌 기회를 놓치게 되는 것이다."

"세 번째 사람은 어떻게 된 겁니까?" 그들이 물었다.

"아, 이어릭 씨 말인가? 그는 평생을 착하게 살았기 때문에 불행 따위는 일어나지 않았지. 늘 불쌍한 고아들을 도우려 했으니 말이야. 어떤 페니에도 곰팡이가 슬지 않았지."

회의는 그렇게 끝이 났다. 착한 카바우테르들은 만족한 표정이었다. 하지만 사악하고 짓궂은 카바우테르들은 뭔가 원하던 이야기가 아니었다는 표정을 지었다.

그렇게 수 천 년이 흘러 신문이 탄생하였고 페니도 구리로 만드는 시대가 되었다. 스필페니와 스킴의 자손들은 없었지만 이어릭의 자손들은 가득했다. 그가 유언장을 만들었기 때문이다.

그는 자신의 돈을 길더든 페니이든 400년 동안 저금하여 이자를 쌓게 저금해두어야 한다는 유언장을 작성하였다. 결국 그 어마어마한 돈은 금 세공인을 거쳐 은행원의 손에 들어갔고 엄청난 액수를 자랑하였다. 그의 평생소원대로 그 돈은 고아들이 살 집을 짓는 데에 사용되었다.

게다가 그의 바람대로 여자 아이들은 문장 색깔의 옷을 입을 수 있었다. 예를 들어 암스테르담에서는 고아들이 빨강과 검정이 반반 섞인 드레스를 입고 하얀 앞치마를 맸다.

리넨과 레이스로 만든 모자는 그들의 불그레한 얼굴에 딱 어울렸다. 프리슬란트에서는 금발과 빨간 뺨이 하얀 리넨 천과 아주 잘 어울렸다. 그리하여 어떤 사람들은 그 모습을 보고 '은화에 담긴 금 사과'라고도 불렀다. 네덜란드는 지금까지도 나이든 사람과 고아들을 돌보는 데에 아주 복지가 좋은 나라로 알려져 있다. 이어릭의 자손들 중 하나가 어느 날 신문 기사를 읽게 되었다.

"지난 주 어떤 일꾼이 운하를 깊게 파다가 아주 오래되어 검게 변한 목재를 하나 발견했다. 감식 결과 고대에 사용한 배의 뼈대인 것을 확인되었다. 학자들이 말하기를 이곳에는 한 때 강이 흐르고 있었으나 점차 강물이 말라 지금과 같은 모습이 되었다고 한다. 솜씨 좋은 목수들이 힘을 합쳐 배를 복원 시켰으며 완성된 후에 박물관으로 옮겨진 상태이다."

"내일 학교를 마치는 즉시 그곳에 들러 그 배를 볼 거야."

한 소년이 손뼉까지 치며 들뜬 목소리로 말했다.

"잠깐," 그의 아버지가 말했다.

"아직 기사가 남았단다."

"오늘 박물관 수위가 그 상자에 있는 틈을 조사한 결과 누군가가 그것을 훔쳐 달아났다는 것을 깨달았다. 틈 사이로 손가락을 넣어보니 부드러운 무언가가 만져져 꺼내 보았다. 가죽 손가방이었는데 그 안에는 동전 하나가 들어있었다. 꽤 오랜 시간을 거친 듯 녹이 슬어 있었고 나무처럼 새까매져 있었다. 산으로 박박 문질러 보았지만 여전히 녹이 지워지지 않아 새겨진 문자를 읽을 수가 없었다. 하지만 신기하게도 그 동전의 문양이 가죽에 흔적을 남겨 두었다. 비록 두꺼운 곰팡이가 피어 있었지만 다행히도 그 동전이 9세기 샤를마뉴 대제 시대에 만들어진 페니라는 것을 확인할 수 있었다."

"샤를마뉴는 프랑스어잖아요, 아빠. 우리말로는 카렐 혹은 찰스라고 부르는 것이죠?"

"그렇다, 아들아. 카렐의 통금 알림을 들어본 적이 있니? 어린 아이들에게 잠자리에 들 시간을 알려주는 것이란다."

## 말린 꼬리의 사자

아주 옛날에 네덜란드 사냥꾼들이 사자 가족을 포획하기 위해 아프리카로 향했다 그들은 별 어려움 없이 성공할 수 있었다.

사냥개 한 무리와 창을 든 원주민들과 함께 수컷을 유인하여 암컷과 새끼들까지 한 번에 잡아들이는 작전이었다. 구덩이를 깊게 파고 그 위에 나뭇가지들과 풀을 덮어 함정을 만들었다. 예상대로 사자 가족은 구덩이 안으로 굴러 떨어지고 말았다.

사냥꾼들은 그물과 밧줄을 이용하여 사자들을 끌어 올려 바로 우리 안에 가두어 네덜란드로 데리고 왔다. 새끼들은 기껏해야 퍼그 정도 크기 밖에 되지 않았고 아직 너무 어려 전혀 사납지 않은 새끼들이었다. 항해사들은 그 귀여운 새끼들과 노느라 정신이 없었다.

사자는 옛날부터 사나움, 용맹, 위엄을 상징하는 짐승이었다. 동시에 그 기질들은 한 나라의 왕에게도 해당되는 것들이었으며 남자 아이들 역시 그런 모습을 닮고자 하였다. 그리하여 부모들은 아들을 낳으면 '레오'라는 이름을 주로 지었는데 라틴어로 사자를 뜻하는 말이었기 때문이다. 게다가 세례명을 지을 때는 짐승의 우두머리라는 뜻의 '리우'라는 이름을 지어 주기도 하였다.

아프리카에서 사자가 건너오기 전까지는 곰과 늑대가 으뜸이었다. 털이 풍성할 뿐만 아니라 날카로운 발톱과 이빨을 가지고 있어 굉장히 사납고 용맹한 짐승들이었기 때문이다. 이러한 이유로 왕족뿐만 아니라 일반 평민들도 아들의 이름을 늑대나 곰을 의미하는 것으로 짓곤 하였다.

울음소리 면에서는 사자가 늑대보다 한 수 위였다. 늑대들은 고작 울부짖는 것이 전부라면 사자들은 으르렁거리며 포효할 수 있었기 때문이다. 게다가 덥수룩한 갈기와 기다란 꼬리도 가지고 있었다. 꼬리 끝에는 갈기를 단장하거나 가려운 곳을 긁을 수 있게 작은 돌기 같은 것이 나 있었다. 사자는 심기가 불편할 때면 새빨간 혀를 입 밖으로 꺼내 구부리곤 했는데 그 길이가 50cm는 족히 되었다.

사자는 곧 짐승의 우두머리로 불리기 시작했고 왕족들과 기사들은 자신의 기개를 상징하는 것으로 사자 문양을 사용하기 시작했다. 깃발이나 방패, 갑옷에 거대한 사자 그림을 새겨 넣거나 투구에는 금이나 황동으로 새긴 사자상을 붙이기도 하였다.

기사들은 방패에 단 하나만의 사자 문양을 달 수 있었지만 왕들은 원하면 서너 개도 달 수 있었고 육식 동물들은 무엇이든 원하는 대로 장식할 수 있었다. 사자들의 모습도 가지각색이었다. 힘차게 달리거나 어슬렁거리는 모습, 혹은 그냥 뒤를 쳐다보거나 가만히 서있는 사자들도 흔히 볼 수 있었다.

한편 그곳에는 화가 하나가 살고 있었는데 사자를 비롯한 사나운 동물들을 장식으로 새겨 넣는 왕들의 모습을 흥미롭게 지켜보고 있었다.

용, 머리 두 개 달린 독수리, 엄니 달린 멧돼지, 독니를 드러내는 뱀, 매, 그리핀, 비룡, 사자, 심지어 날개 달린 말, 꼬리 달린 인어공주 등 정말 희한한 동물들은 그 수를 셀 수 없을 정도였다. 그런데 그 많은 동물들 중에 왜 꼬리 두 개 달린 소는 없는지, 코가 두 개인 고양이, 뿔이 네 개 달린 숫양, 반은 송아지, 반은 양인 동물은 왜 없는지 상당히 궁금해 했다. 생각해보니 왕들은 순하고 조용하고 인간에게 쓸모가 있는 동물들은 그다지 관심이 없다는 것을 알게 되었다.

황소나 말, 비둘기, 양 같은 동물들 말이다. 대신 누구도 함부로 덤빌 수 없고 뛰어난 사냥 능력이 있는 야생 동물들을 좋아하는 것이었다. 그 이후로 한 나라의 왕은 무조건 사자를 한 마리 이상 가지고 있어야 했다. 화가는 사자 한 마리를 만들어 볼 생각이었다. 뭔가 재미난 일이 벌어질 것 같았다.

곧 화가들과 조각가들이 모델이 되어줄 사자들을 고르기 시작했다. 불쌍한 사자들! 그들은 애초에 알 지 못했다. 모델로 포즈를 취하고 있는 것이 얼마나 힘들고 피곤한 일인지를 말이다.

앞발을 들고 가만히 있어야 했고 화가가 시키는 대로 옆을 보거나 뒤를 돌아본 채 꼼짝 말고 서 있어야 했다. 심지어 무릎을 꿇는 등 말도 안 되는 포즈를 취하기도 해야 했으며 혀를 최대한 길게 뽑아내기도 해야 했다. 뒷다리로만 서 있거나 목을 비틀고 한참 뒤를 쳐다보는 등 몹시 성가시고 지친 자세들을 취해야 했다. 꼬리 역시 최대한 다양한 포즈를 취해야만 했다.

돌돌 감거나 우리 밖으로 빼내거나 냅다 도망갈 때처럼 다리 사이에 끼우거나, 사납게 포효할 때 높이 쳐올리거나 하는 등 말이다. 심지어 어떤 경우에는 안경을 쓰고 책을 읽는 연기까지 해야 했다.

사자들은 책이나 두루마리에 앞발을 올리고 가게 간판을 읽어야 했다. 바빌론의 사자 동굴에서 흔히 하는 행동뿐만 아니라 마크 세인트처럼 높은 기둥 위에서 떨어지지 않고 중심을 잡고 버텨야 하기도 했다. 한 마디로 이 화가는 문장원에 속해있었고, 네덜란드의 문장에 짐승의 왕을 넣은 사람이었던 것이다. 그리하여 그 날부터 사냥꾼들에게 잡힌 사자 가족들에게는 임무가 주어졌다.

정글에서든 우리에서든 아빠 사자는 드러누워 있는 것을 제일 좋아했다. 온 몸을 쫙 펴고 드러누워 날이 저물기 전까지 낮잠을 자는 것이 최고였다. 하지만 이제 그 달콤함은 전혀 누릴 수가 없었다. 거의 하루 종일 앉을 시간도 없이 포즈를 취해야만 했다. 한참을 뒷발로만 서 있으니 앞발에 쥐가 날 지경이었다. 게다가 하루 종일 딱딱한 나무 바닥에 있었더니 온몸의 털들이 푸석푸석해졌다. 하지만 말을 안 들으면 뜨거운 꼬챙이로 찔리기 때문에 달리 피할 방법이 없었다. 바로 눈앞에 장작 받침쇠와 용광로가 있었기 때문에 말을 안 들으면 어떻게 될 지 뻔히 보였다. 그의 불복종 때문에 식구 전체가 저녁을 먹지 못하는 일도 있었다.

일단 레오는 앞다리를 들고 앞쪽을 바라보아야 했다. 사실 이것은 야생에 있을 때도 사슴을 잡을 때 종종 취했던 자세라 그다지 어렵지는 않았다. 하지만 그것도 잠깐이지 30분이 지나니 도저히 견딜 수가 없었다.

사자 같은 포식자들이 네 다리를 가지고 있는 것은 그만한 이유가 있는데 그 절반만 사용하라고 하니 당연히 견딜 수가 없을 것이다. 어찌 됐건 왕들은 이 자세를 '용맹한 사자' 라고 부르며 가장 좋아하였다.

한편 왕의 형제들, 조카들, 사촌들, 그리고 왕비의 친척들 역시 왕처럼 사자 문양을 손수건이나 문구류에 새기고 싶어 하였다. 그 탓에 나이든 사자들이 고생을 해야만 했다. 눈앞의 벌겋게 달궈진 꼬챙이를 피하려면 인간들의 말을 들을 수밖에 없었다. 화가는 마치 말을 부리듯 '휘', '워이' 소리를 내며 사자를 다루었다. 그러면 사자는 온순하게 주인의 말을 들어야만 했다.

곧 깃발, 갑옷, 가족 문양에 사자를 새기는 것은 유행이 되었다. 나라 전체가 사자에 열광하였다. 심지어 바위나 나무에도 사자들 그림이 새겨질 정도였으니 말이다. 그들 중 몇몇은 마치 서커스에서나 볼 수 있는 우스꽝스러운 행동을 하고 있는 것들도 있었다. 보통 우리가 생각하는 위엄 있는 사자의 모습이 아니라 낄낄거리고 입을 쩍 벌리고 하품하는 사자들, 혀를 길게 뽑아내는 사자들 등 갖가지 얼굴의 사자들을 이곳저곳에서 찾아볼 수 있었다. 특히 어린 아이들이 그런 우스꽝스러운 모습의 사자들을 상당히 좋아하였다.

사실 레오의 부인은 그다지 하는 일이 없었다. 레오가 허락하지 않았기 때문이다. 대신 새끼들을 돌보느라 바빴다. 레오는 가족 전체를 먹여 살리기 위해 몇 배로 열심히 일을 해야만 했다. 하지만 그것조차 오래 가지 못했다. 갑작스레 죽어 박제된 상태로 박물관으로 옮겨졌기 때문이다. 네덜란드의 첫 짐승의 왕이 어떻게 요절하고 말았는지는 다음과 같다.

레오가 할 수 있는 최선을 다 해 취했던 모든 동작과 모든 자세들로도 성에 차지 않았던 화가는 레오가 '문장'답게 보이길 원했다. 용이나 그리핀처럼 지느러미나 털, 깃털, 비늘을 가진 신비로운 짐승들처럼 말이다.

어느 날 그는 소용돌이 모양으로 사자를 만들어보려고 했다. 몸뚱이에 끈을 묶고 고데기를 사용하여 갈기를 장식하였다. 마치 바빌론 시대의 수염 난 황소처럼 보일 때까지 말이다. 그리고는 갈기를 빗어 내리니 슬개골과 팔꿈치까지 곱슬곱슬 흘러내리는 것이었다. 그리고는 꼬리 끝까지 부드럽게 빗어 넘겼다. 말끔하게 정리된 모습을 사진 찍어보니 아주 멋쟁이 사자의 모습이었다.

레오는 마치 미용실에서 한껏 손질을 받고 나온 듯한 모습이었다. 부인 역시 남편의 색다른 모습에 크게 만족해하며 새끼들을 핥아주었다. 너무 핥아서 털에서 광이 날 지경이었다. 그리고는 자신 역시 갈기와 온 몸을 구석구석 닦아 몸단장을 하였다.

곱슬머리를 가진 사자가족은 아마 최초였을 것이다. 그 중에서도 아빠 레오는 제일 재미난 모습이었다. 머리부터 발 끝까지 구부러지지 않은 털 한 올이 없을 지경이었으니 말이다. 하지만 화가는 아직도 뭔가 성에 차지 않는 표정이었다. 기다란 털이 꼬리 한 중간을 장식했으면 하는 바람이 있었다. 그렇게만 하면 세상에서 제일 멋진 모습의 사자가 완성될 것 같았다. 불가능한 일도 아니었다.

한편 화가에게는 딸이 하나 있었는데 목에 만성 질병을 가지고 있는 소녀였다. 의사는 그녀에게 약을 처방해주며 얼굴이나 옷에 어떤 종류의 액체도 튀게 해서는 안 된다고 신신당부하였다. 그녀의 어머니는커녕 당사자인 소녀조차도 의사의 말을 귀 기울여 듣지 않았다. 그 때 고양이 한 마리가 쥐를 쫓아 방을 가로질러 달리고 있었다.

어머니가 약 숟가락을 들고 있던 찰나 고양이가 치마폭을 헤집고 뛰어가는 바람에 약이 온 사방에 흩어지고 말았다. 물론 딸의 턱과 얼굴 전체에 튄 것은 말할 것도 없이 말이다. 그녀는 뭐가 그렇게 웃긴지 깔깔거리며 얼굴을 쓱쓱 닦아내고 있었다. 의사의 경고는 생각도 하지 않는 것처럼 보였다.

하지만 그로부터 일주일 후 소녀는 깜짝 놀라 자빠질 뻔했다. 잠에서 깨어 거울을 보는 순간 자신의 모습에 소스라치게 놀라고 말았다. 얼굴에는 시꺼먼 턱수염과 콧수염이 자라나 있었던 것이다. 보송보송한 것이 꼭 자란 지 얼마 안 된 것 같긴 해도 아주 새까만 털들이었다. 이발사를 부르기 전까지 그녀는 턱수염이 무성한 여인의 모습이었다. 더욱더 이상한 것은 이발사가 한 번 그녀의 털을 깎고 나자 더 이상은 털이 자라나지 않는 것이었다. 예전처럼 부드럽고 매끈한 얼굴이었다.

"와! 놀랍구나! 이것으로 엄청난 돈을 벌 수 있겠다!"

소녀의 모습을 본 화가가 큰 소리로 외쳤다. 그는 당장 약제사에게 모든 사실을 말하고 연고를 만들게 하였다. '수염을 자라게 하는 약' 이라는 중국어 이름도 붙여주었다. 이 엄청난 약은 어떤 젊은이의 얼굴에도 '순식간에 멋스러운 턱수염과 콧수염을 자라게 만드는' 효능이 있었다.

얼마 지나지 않아 마을 전체에 이 소문이 퍼졌다. 약제사는 단 이틀 만에 가지고 있던 모든 약을 팔아버렸다. 다른 젊은이들에게 뒤쳐질 수 없던 젊은이들은 2주를 꼬박 기다려야했다. 그 동안 이미 약을 바른 젊은이들의 얼굴에는 보송보송한 털들이 자라나고 있었다.

여인들을 매혹하기 위해 수염을 기르고 싶어 했던 많은 남자들이 상당히 기뻐하였다. 이미 그들 중 몇몇은 단숨에 구애에 성공하였다. 밍밍한 얼굴에 무성한 털들이 자라나는 것은 마치 풍년을 의미하는 것이나 마찬가지였기 때문이다. 그리하여 그 묘약은 '중매쟁이' 라고도 불리기도 하였다.

화가는 떼돈을 벌 생각에 양손을 비비며 흐뭇한 미소를 지었다. 그는 그 약이 남자들의 수염을 자라게 하는 데에 효과가 있다면 사자들에게도 같은 효과가 있을 것이라 생각하였다. 이번에도 레오는 달궈진 꼬챙이 앞에서 협박을 당해야 했다. 이번에는 꼬리에 밧줄이 묶여 우리 한 쪽 기둥에 꽁꽁 묶이고 말았다. 그러더니 화가는 그 묘약을 꼬리 한 중간에 15cm정도 바르기 시작했다.

혹시나 레오가 약을 핥을까봐 일주일 내내 꼼짝도 못하고 가만히 있어야만 했다. 그는 온몸이 굳어 거의 죽기 직전까지 갔다.

역시나 화가의 예상대로였다. 젊은 남자들 얼굴에 수염이 무성하게 자라난 것처럼 꼬리에 털이 수북이 자라난 것이었다. 하지만 흔히들 하는 생각처럼 한 번 깎으면 더 억센 털이 자라날 것을 기대하며 한번 면도를 하면 더 이상을 털이 자라나지 않았다. 그 묘약은 털을 자라나게 하는 효과는 있었지만 동시에 모근을 죽이는 힘이 있었기 때문이다. 그 사자의 운명은 가혹했다. 다른 사자들보다 1인치는 더 긴 털들이 온몸을 뒤덮고 있었다. 이 약은 사자들에게는 맞지 않는 것이었다.

이 일로 큰 충격을 받은 나이든 레오는 결국 죽고 말았다. 그는 아버지로서도 훌륭했기에 부인과 새끼들이 몹시 슬퍼하였다. 그는 자신이 굶을지언정 자신의 새끼들만큼은 절대 굶긴 적이 없었다.

이후 얼마 지나지 않아 화가 역시 세상을 떠나고 말았다. 여전히 왕족들 사이에서 사자를 원한다는 소식을 들은 화가의 아들은 가장 힘이 있어 보이는 새끼들을 데리고 와 먹이를 주고 키우기 시작했다. 특히 꼬리에 곱슬곱슬한 털이 자라나는 사자들이 인기가 많았다.

7년이 지나고 갈기와 무릎 털이 충분히 자라난 수사자는 반강제로 짝짓기를 하게 되었다. 그들 사이에 수사자가 하나 태어났는데 아직 어린 새끼임에도 불구하고 온몸에는 무성한 털이 자라나기 시작했다. 꼬리 중간에는 기대했던 대로 곱슬곱슬한 털이 자라났다. 결국 그 사자가 네덜란드에서 가장 힘 있는 사자가 되었다.

사람들은 얼른 문장에 이 새로운 사자의 모습을 새겨 넣기 시작했다. 네덜란드의 사자 모습은 이러했다. 머리에는 왕관을 쓰고 오른 손에는 검과 화살 7개를 들고 있었다. 네덜란드의 일곱 개 주의 통합을 상징하는 것이었다. 이후 새로운 사자법도 생겨나기에 이르렀다. 가장 처음 꼬리에 곱슬곱슬한 털을 가진 용맹한 사자 덕분에 후손들은 자신의 꼬리에 큰 자부심을 가질 수 있었다.

## 밀의 복수

　화자는 꽤 오랜 시간 동안 주이데르 지 쪽을 향해 있는 제방 근처를 어슬렁거리고 있었다. 한 때 그곳에는 비옥한 땅이 가득했으며 꽤 많은 사람들이 살고 있는 마을들이 번성했던 곳이었다. 지금은 모두 바닷물로 덮여 버렸지만 말이다. 쾌속선들은 플레보 강 한가운데를 가로질러 흘러가며 그 강은 바다와 연결되어 있다.
　해안가 군데군데 아름다운 도시들이 위치해 있고 교회의 종소리는 아름답게 울려 퍼지고 있다. 가까운 곳은 물론 먼 곳에서도 배들이 들어와 무역이 흥했고, 그 덕에 마을에는 부족한 것이 없었으며 따라서 사람들도 불행할 일이 없었다.
　하지만 홍수가 마을을 휩쓸었고, 오늘 날 '주이데르 지의 멸망한 도시들'이라는 말을 모르는 사람은 없을 것이다. 불행 중 다행인 것은 모든 것들이 싹 다 멸망하지는 않았다는 것이다.
　수 세기 전, 하룻밤 사이 엄청나게 불어난 물에 모든 것이 휩쓸려 바다 깊은 곳에 가라 앉아 있는 것도 있었다. 더 이상 무역도 일어나지 않았기 때문에 항구로 들어오고 나가는 배들이 없어 항구도 쓸모없는 곳이 되어가고 있었다. 마을이라고는 제방 뒤 쪽에 위치하고 있는 작은 마을 한 가구뿐이었다.

어느 어리석은 여인 때문에 집이고 사람이고 모두 잃어버린 것이었다. 그 작은 마을에는 고작해야 몇 백 명의 인구만 살고 있을 뿐이었고 한때 엄청난 면적을 자랑하던 땅도 이제는 아주 작은 덩어리로만 남아있을 뿐이었다.

아주 옛날 노르웨이가 빙하와 자갈로만 뒤덮여 있던 시절에 스타보렌은 폭풍의 신인 스타보(Stavo)의 신전을 하나 지었다. 그 당시 사람들은 대부분 몹시 가난했지만 많은 순례자들이 그곳으로 와 기도를 올렸다. 이후 새로운 종교를 전파하기 위해 각국의 선교사들이 그곳으로 왔고 덕분에 남쪽 따뜻한 지방에서는 다시 무역 활동이 일어나기 시작하였다. 온 나라를 괴롭히던 가난도 점차 완화되어 갔다. 번성한 도시들이 생겨났고 네덜란드는 나라를 대표하는 그 도시들에 인가증을 부여해 주었다. 인가증에는 이렇게 쓰여 있었다.

"스타보렌은 알프스 산맥부터 저쪽 바다까지 펼쳐져 있는 도시들과 동일한 자유를 누린다."

그리고 스타보렌의 전성기가 찾아왔다. 가난한 사람들은 전혀 찾아볼 수 없었고 심지어 집의 문을 이루는 돌쩌귀나 빗장마저도 황금으로 만들 지경이었다. 조금 더 부유한 사람들의 거실 바닥은 스페인에서 들어온 더킷(과거 유럽 국가들에서 사용된 금화)으로 깔리기도 하였다.

한편 이 도시에 한 부부가 살고 있었다. 그들 역시 선박 무역으로 짭짤한 수입을 올린 부부였다. 상인인 남편은 단순하면서도 거짓이 없는 남자였다. 그는 누구보다도 열심히 일을 했으며 작은 일에도 감사하고 만족할 줄 아는 사람이었다. 하지만 그와 반대로 부인은 매사에 불만이 가득한 여인이었다.

언제나 불평을 쏟아내고 기분이 좋은 날이 하루도 없었다. 그녀의 비위를 맞추던 이웃들도 점차 그녀의 행동에 지쳐만 갔다. 그들은 그녀의 비석에 이렇게 새겨야 한다고 말할 정도였다.

"그녀는 분명 다른 무언가를 원하고 있다."

상인이 소유하고 있는 배들은 각각 다른 나라로 무역을 하러 떠났다. 상인이 선장들에게 명령하기를 자신의 부인에게 줄 선물로 아주 독특하고 흔하지 않은 것을 가져오라고 하였다. 아주 아름답게 조각된 그림이나 드레스를 만들 수 있는 고운 비단, 레이스가 달린 목깃, 어디서도 볼 수 없는 화려한 융단, 눈부신 보석 같은 것들 말이다. 아니면 흔히 볼 수 없는 노래하는 새, 희귀한 과일, 한 상자 가득 채운 사탕도 가져오라고 하였다.

흔하지 않은 그런 선물이라면 부인의 기분을 풀어줄 수 있을 것이라 생각했기 때문이다. 하지만 그의 계획은 성공한 적이 없었다. 어쩌면 자신의 잘못일지도 모른다고까지 생각했다. 자신은 남자여서 여인들이 무엇을 원하는지 알 수가 없는 것이라 생각하였다. 그렇다면 반대로 자신이 좋아하고 자신의 취향대로 선물을 해보기로 했다. 어쩌면 그것이 부인을 만족시킬 수도 있을지 모른다 생각하면서 말이다.

그러던 어느 날 그와 가장 친한 선장들 중 하나가 북동쪽의 단치그(Dantzig)쪽으로 출항하려던 참이었다. 그곳은 러시아만큼이나 멀리 떨어져 있는 나라였다. 상인은 그가 떠나기 전 부인을 불러 혹시 원하는 선물이 있느냐고 물었다.

"이 세상에서 가장 비싸고 귀한 것을 원합니다."

그녀가 대답했다.

"그러니 이번에는 반드시 그것을 찾아 들고 오라 시키십시오."

상인은 몹시 기뻤다. 당장 선장에게 달려가 세상에서 가장 비싸고 귀한 것을 찾아오라 명령하였다. 하지만 혹시 모를 상황에 대비하여 밀 한 수레도 가져오라고 하였다.

드디어 배가 떠날 준비를 마쳤다. 닻을 올리고 바다 한 가운데로 출발하였다. 그는 매일 먹는 빵을 만드는 밀 역시 굉장히 귀한 것이라 생각하였다. 항해사들과 옆에 함께 타고 있는 사람들에게도 물어보니 그들 역시 고개를 끄덕였다. 이 문제에서만큼은 모두가 한 마음 한 뜻이었다. 선장은 아무 문제없이 상인의 부인을 기쁘게 만들 수 있을 것이라 생각하며 흐뭇한 미소를 지었다.

여러 나라를 다니면서 그 부인을 기쁘게 만들 수 있는 것들을 찾아다니느라 꽤 고생을 했었다. 그녀는 절대 만족하는 일이 없었지만 이번만큼은 성공할 수 있을 것 같은 느낌이 들었다. 그들은 단치그에서 아주 즐거운 시간을 보냈다. 무역이 성공적으로 이루어졌기 때문이다. 배에 곡식을 가득 싣고 고국으로 향했다.

스타보렌에 도착하자마자 선장은 상인에게 달려갔다. 얼마나 많은 돈을 벌었고 얼마나 질 좋은 밀을 가지고 왔는지, 그리고 아무 일 없이 무사히 돌아 왔다고 말했다. 그리고 결정적으로 부인을 만족시킬 수 있는 것을 가져왔노라며 아주 자신감 넘치는 목소리로 외쳤다. 사람들의 주식량인 빵을 만드는 밀보다 더 귀한 것이 어디 있겠냐며 당당하게 말했다.

점심시간이 되었고 상인은 집에 잠시 들렀다. 부인은 남편의 표정을 보며 무슨 좋은 일이 있느냐 물었다. 수입이 꽤 좋았던 하루였던 모양이다. 사실 상인은 밥을 먹는 내내 한 마디 꺼낼까 말까 하는 아주 과묵한 성격이었다. 어쩔 때는 너무 조용해서 부인의 신경을 거슬리게 할 정도였다. 하지만 오늘은 달랐다. 할 말이 아주 차고 넘치는 표정이었다. 남편이 부인의 물음에 대답하였다.

"당신을 깜짝 놀라게 해 줄 선물을 가지고 왔소. 지금 당장 그것이 무엇인지는 말할 수 없소. 대신 나를 따라와서 직접 보시오."

점심 식사를 마친 후 그는 부인을 데리고 배를 탔다. 미리 신호를 맞춰 놓은 선장과 눈인사를 찡긋하니 그 역시 옆에 서있던 항해사들에게 신호를 보내었다.

몸집이 땅땅한 항해사 하나가 화물 출입구 문을 활짝 열었다. 그 순간 반짝거리는 밀이 쏟아져 나왔다. 상인은 부인이 기뻐 손뼉을 치며 폴짝 폴짝 뛸 상상을 하며 그녀를 바라보았다. 하지만 그의 예상과는 전혀 다른 상황이 벌어졌다. 부인은 잔뜩 화가 난 표정으로 고개를 홱 돌려버렸다.

"이것들은 모두 물속으로 버려버리세요."

그녀가 큰 소리로 고함을 쳤다.

"나쁜 사람! 나를 속이다니!"

남편은 그 와중에도 부인을 진정시키려 애를 쓰고 있었다. 자신이 생각하기에는 세상에서 가장 귀한 것이 밀이라고 생각했으며 그래서 밀을 한 가득 싣고 오면 부인이 몹시 기뻐할 것이라 생각했다고 말하였다. 옆에서 부인의 화난 목소리를 듣고 있던 거지들은 무릎을 꿇으며 간절한 목소리로 애원하기 시작했다.

"부인. 밀을 버리지 마시고 제발 저희에게 조금만 나누어 주십시오. 지금 배가 너무 고파 죽을 지경입니다."

"네. 부인. 스타보렌에는 황금으로 뒤덮인 부유한 사람들도 많지만 가난한 이들도 여전히 많이 살고 있습니다."

선장이 덧붙여 말했다.

"부인께서는 이 밀이 만족스럽지 못하실 테지만 이것을 필요로 하는 가난한 사람들이 많이 있습니다. 그들에게 나누어 주는 것이 어떻습니까? 스스로도 뿌듯하실 것입니다. 감히 이런 말을 하는 것을 용서하십시오. 이번에는 실망을 안겨 드렸지만 다음 항해에서는 부인이 원하신다면 아주 먼 중국까지라도 가서 원하시는 것을 가져오겠습니다."

하지만 이미 화가 날 대로 난 부인은 누구의 말도 귀 기울여 듣지 않았다. 그녀는 여전히 배 위에 꼼짝 않고 서서 눈앞에 보이는 밀알들을 한 톨도 남기지 않고 전부 물속으로 던져 버리라 명령하고 있었다.

"다시는 당신을 기쁘게 하려고 노력하지 않겠소."

상인이 말했다.

"굶주린 자들이 당신을 저주할 것이고 그러면 당신 역시 언젠가는 굶주림에 괴로울 날이 올 것이오. 이 귀한 밀을 버리라고 하다니…… 당신은 반드시 그에 합당한 책임을 지게 될 것이오."

그제야 부인은 잠시 남편의 말을 듣는 듯 하더니 이내 양 손으로 귀를 막고는 더 이상 듣지 않겠다는 자세를 취했다. 그녀는 여전히 자신의 부에 자부심을 느끼며 큰 소리로 외쳤다.

"내가 부족함을 겪을 것이라고요? 내가 굶주릴 것이라고요? 그런 걱정은 꿈속에서도 할 필요가 없을 만큼 나는 이미 충분히 부자라고요."

그녀는 자신의 말을 입증이라도 하겠다는 듯 손가락에 끼고 있던 반지를 냉큼 빼서 물속으로 던져 버렸다. 남편은 그런 부인의 모습에 적잖이 충격을 받은 모습이었다. 그도 그럴 것이 부인이 냉큼 던진 반지는 결혼 반지였기 때문이다.

"다들 내 말을 잘 들어요. 저 반지를 찾게 되는 날이 오면, 그때는 내가 굶주림에 시달리고 있을지도 모르겠군요. 하지만 그 전에는 절대 그런 일이 없을 거예요."

그녀는 저 먼 동네의 사람들까지 모두 들으라는 듯 크게 소리쳤다. 그녀는 치마를 손에 말아 쥐고 통로를 건너 해안가를 지나기 시작했다. 증오와 두려움이 섞인 눈빛의 가난한 사람들에게 눈길 하나 주지 않고 지나쳐가고 있었다. 역시나 거만한 태도로 값비싼 자신의 저택으로 향해 갔다.

그녀는 자신의 부와 화려함을 뽐내고 자랑하고 싶었다. 각국에서 들어온 진기한 물건들을 자랑하기 위해 이미 많은 손님들을 초대해 놓은 상태였다. 그들 모두가 자리하였고 음식들이 차례로 나오기 시작했다. 가장 먼저 은 쟁반에 담긴 수프가 나왔다. 사람들 모두가 아주 감탄하며 그 수프를 맛있게 먹었다. 다음은 황금 쟁반에 놓인 생선 요리가 나왔다. 집사는 요리사가 생선 입 속에서 발견한 희귀한 것을 먼저 내어도 되겠냐고 물었다. 부인은 그게 무엇인지도 정확하게 알지 못하는 상태였지만 기뻐하며 박수까지 치며 자신의 손님들에게 외쳤다.

"아마 지금 나올 음식은 제가 그토록 오랫동안 원하던 음식인 것 같습니다. 세상에서 가장 귀한 것이라 할 수 있죠."

"굉장히 기대가 됩니다."

손님들 역시 기대에 가득 찬 표정으로 한 목소리로 대답하였다. 요리사가 연회장 안으로 황금 쟁반을 들고 들어왔다. 그런데 부인의 얼굴이 한 순간에 창백해졌다. 요리사의 손가락에 반지가 끼워져 있었기 때문이다. 바로 전날 자신이 바다 속에 던져버린 반지였던 것이다. 그곳에 모여 있던 사람들의 얼굴이 모두 새파랗게 질려 있었다. 그들 역시 그 반지가 부인이 홧김에 던져 버린 결혼반지라는 것을 알아챘기 때문이었다.

문제는 이제부터 시작이었다. 그 날 밤 남편이 화병으로 목숨을 잃어버린 것이었다. 설상가상으로 귀한 물건들로 가득 차 있던 창고에 불이 나 모든 것이 홀랑 다 타 버리기까지 했다.

남편을 땅에 묻기 전 엄청난 폭풍우가 몰려왔다. 배가 벌써 네 척이나 완파되었다는 소식이 들려왔다. 항해사들은 차마 대피하지 못했고 그들의 가족들은 모든 생계가 무너진 탓에 배가 고파 절규하고 있는 상황이었다.

부인이 상복을 입고 있는 상중이었지만 빚쟁이들은 전혀 개의치 않고 그녀에게 빚 독촉을 하러 왔다. 결국 그녀는 살고 있는 집과 그 안의 모든 물품들까지 팔아서 돈을 마련해야만 했다. 하지만 그도 부족하여 금세공인 롬바르드에게 반지를 저당 잡히고 돈을 꿔야만 했다. 입에 풀칠은 해야 하니 말이다.

한때 감당도 못할 정도의 부에 정신없이 살던 그녀에게 이제 남은 것은 아무것도 없었다. 그녀의 집에 종종 초대받았던 사람들 중 누구 하나 그녀를 거들떠보는 이는 없었다. 그녀는 결국 거리로 나와 구걸까지 하는 신세가 되었다. 하지만 밀을 바다 속으로 던져 버리라던 그 잔인한 여인을 누가 돕고 싶어 하겠는가?

어쩔 수 없이 소들이 울고 있는 헛간으로 가 그들이 먹고 남은 것을 주워 먹을 수밖에 없었다. 결국 그 해, 그녀는 죽고 말았다. 누더기 옷을 입고 뼈는 앙상해진 채 헛간에 쓰러져 죽어 있었다. 비참한 그녀의 인생은 그렇게 끝이 나고 말았다.

장례식은 치를 수 없었지만 그나마 관을 들어주는 두 남자에 의해 상여에 옮겨져 땅 속에 묻힐 수 있었다. 그것이 끝이 아니었다. 그녀의 생전 사악한 마음과 잔혹함은 그녀의 몸이 세상을 떠난 후에도 남아있었기 때문이다. 강가에 이유를 알 수 없는 모래톱이 생겨나기 시작했다. 이 때문에 부둣가로 정박하려던 배들이 배를 댈 수가 없게 되었다. 결국 무역을 할 수가 없는 상황이 됐기에 그 나라는 돈을 벌어들일 수가 없어 점차 가난해졌다. 대체 무슨 일이 일어난 것인가?

그러던 어느 날 바닷물이 모두 빠져 나간 썰물시간 이후 낚시꾼 몇몇이 항구 아래쪽에 펼쳐져 있는 초록색 땅을 발견하였다. 해조류는 아닌 것처럼 보였다. 물살에 소용돌이 치고 남은 흔적처럼 줄기와 나뭇잎들이 깔려 있는 모습이었다. 바로 밀이었다.

밀이 싹을 틔우고 뿌리를 내려 자라난 것이었다. 몇 달이 지나니 줄기가 제법 자라 물 밖으로도 높게 솟아올랐다. 하지만 그들이 심어져 있는 곳은 단단하지 않은 모래밭이었다. 더 이상 밀은 자랄 수가 없었고 뿌리가 다 뽑힐 수밖에 없었다. 누구의 식량으로도 쓰일 수 없는 밀밭이었다.

알프스 산으로부터 바다까지 흘러와 밀은 나름대로 모래밭에 굳게 뿌리를 내리고 있었다. 이것은 바다 바깥쪽까지 밀려 나가 항구를 깨끗하게 만들었으며 배들이 문제없이 부둣가로 들어올 수 있게 만들었다. 그리하여 매일 아침마다 부둣가 근처에 사는 상인들은 창밖을 내다보며 배들이 무엇을 싣고 들어왔나 살펴보았다. 그리고는 만족한 표정으로 다시 침대 안으로 들어가곤 했다.

호기심 많은 남자 아이들은 침대에서 폴짝 뛰어나와 돛대 위로 기어 올라가기도 했다. 아버지들은 그런 아들들을 자랑스러워하며 장차 미래에 용감한 항해사로 키울 계획까지 미리 세워 두었다. 그런 용감하고 진취적인 항해사들은 스타보렌의 이름을 널리 알리는 계기가 되었다. 하지만 지금 그 명성은 소리 없이 모두 사라져 버렸다. 마치 한 여름 밤의 꿈처럼 말이다.

인구수도 점차 줄어들었고 한때 왕성했던 무역 활동은 과거 속으로 묻혀 버렸다. 여전히 그곳에 남아있는 사람들은 호밀과 보리로 대신 끼니를 겨우 때우고 있었다. 여전히 홍수가 몰려와 땅과 사람들을 모두 휩쓸어 가 버렸다. 결국 홍수를 막기 위해 더 많은 둑들이 세워졌다. 하지만 바닷물은 감히 인간들이 통제할 능력 이상으로 엄청난 힘을 가지고 있었다.

거대한 물살은 온 마을과 농장, 교회, 수도원, 수녀원, 창고, 부두를 순식간에 휩쓸어가 버렸고 그렇게 흔적도 없이 모든 것이 사라져 버렸다.

오늘 날에도 스타보렌을 망하게 만든 그 밀밭은 '모래밭의 여인들'이라 불리고 있다. 보통은 사람들의 식량이 되고 그들의 삶을 영위하게 만드는 존재인 밀은 사악한 요정들의 힘 덕분에 한때 번성했던 도시를 순식간에 망하게 만들어 버린 것이었다. 이후 네덜란드에는 한 속담이 생겨났다.

"한 인간의 못된 성질이 밀을 잡초로 만들어 버린다. 하지만 온화함과 선함은 그 밭을 다시 빛나는 황금으로 바꿀 것이다."

## 바위로 변한 고블린

네덜란드 땅에 처음 소들이 유입되었을 때 네덜란드 인들은 먹는 것 이외도 그 동물을 이용하여 더 많은 일을 할 수 있었다.

숲은 점차 밀을 재배하는 들판으로 바뀌기 시작했고 그들은 도토리나 야생 동물 대신 우유와 빵을 즐겨 먹게 되었다. 어린 아이들은 어린 송아지들을 애완동물로 키우며 함께 살기도 하였고 소들 역시 인간들과 함께 지내는 것에 크게 만족하였다.

인간들이 자신을 깨끗하게 단장시켜 주고 밥도 제때 챙겨주며 젖도 늦지 않게 짜 주고 추운 겨울에도 얼어 죽을 걱정이 전혀 없게 해주었기 때문이다.

얼마 지나지 않아 네덜란드인들은 치즈를 만드는 법을 배워 매일 치즈를 먹기 시작했다. 생으로 먹든 굽든 조각을 내든 덩어리째 먹든 아니면 다른 음식들과 같이 먹든 모든 것이 훌륭했다. 심지어 여우같은 야생 동물들도 치즈 굽는 냄새를 굉장히 좋아했다. 한 밤 중에 몰래 인가로 내려와 사람들이 저장고에 넣어 놓은 치즈를 훔쳐가곤 했다.

사람들은 여우들을 잡기 위해 덫이나 미끼를 놓아두었는데 워낙 교활한 녀석들이라 쉽진 않았지만, 결국 치즈를 미끼로 놓으면 단숨에 잡혔다. 그렇게 잡힌 여우들의 털을 뽑아 모피를 만들기도 했다.

사람들이 고기나 생선을 먹을 수 없을 때면 빵과 치즈를 구워 먹었다. '닭과 빵이 만났네.(geroostered brod met kaas.)'라는 네덜란드 말로 그 음식을 칭했는데 자신들이 생각해도 웃긴 이름이었나 보다. 어찌 됐든 '땅콩, 손가락, 송아지, 양과 전혀 다르지 않은 유행을 타지 않는 음식이었다. 어른들 역시 어린 아이들처럼 장난기가 많았다.

곧 치즈 모임이라는 것이 유행처럼 퍼지기 시작했다. 모닥불 근처에 앉아 치즈를 녹여 빵과 함께 먹는 것이었다. 흥미로운 점은 그 모임이 끝난 후 각자가 꾸는 꿈이었다. 지금에야 길몽 흉몽이라 부르는 것들이 나누어져 있지만 그 당시 치즈에 관한 꿈은 주로 좋은 꿈은 아니었다.

커다란 암말이 침대 위로 올라와 자신의 배 위에 앉는다. 그리고는 알 수 없는 사악한 웃음을 지으며 코를 골고 무거운 발굽으로 가슴팍을 꾹 누르는 것이다. 그럼 말은커녕 숨을 쉬는 것조차 몹시 힘들어진다. 막 숨이 끊어지려는 찰나 높은 곳에서 뚝 떨어지는 듯한 느낌이 드는데 그 순간 말은 냅다 도망을 가버리고 그러면 그 무서운 악몽에서 깨게 되는 것이었다.

이것이 바로 '악몽'이라는 단어의 유래가 된 것이다. 네덜란드어로 'nacht'는 '밤', 'merrie'는 '암말'을 뜻하는 것이기 때문이다. 꿈에서는 물론 작은 암말이 아니라 엄청나게 큰 말이 배 위에 쪼그려 앉아 있었지만 말이다.

또 하나 흥미로운 점은 그 당시 사람들은 문제의 원인을 내부에서 찾거나 치즈 폭식과 악몽의 연관성을 찾기 보다는 모든 것을 고블린 탓으로 돌렸다는 것이다. 그 당시 네덜란드에 살고 있던 까무잡잡한 요정의 일종인 고블린들은 생김새가 요정과는 어울리지 않게 흉측했고 키도 몹시 작았지만 머리는 상당히 좋았으며 아주 재빠르다는 장점이 있었다. 그들은 카바우테르와 가까운 종족이었다.

머리가 크고 초록색 눈과 갈라진 발을 가지고 있었다. 생김새가 너무 흉측해 그들처럼 지하 땅속에서만 머물다가 밤이 되었을 때만 밖으로 나올 수 있었다. 빛을 조금이라도 받는 순간 그들은 단단한 바위로 변해버렸다.

고블린은 장난기가 심한 것으로 아주 유명한 종족이었다. 특히 인간들을 골리는 것을 무척이나 좋아하였다. 인간들의 대화를 엿듣고 그들의 마지막 말을 따라하며 마구 비웃었다. '메아리'가

'week klank'라고 불리는 이유가 그것 때문이었다.

고블린들은 키가 무척 작았기 때문에 큰 키와 덩치를 가진 인간들을 부러워하며 그들처럼 키가 커지길 원했다. 하지만 그들 스스로는 어떻게 할 수가 없는 일이기 때문에 몰래 인간들의 집에 숨어들어 갓난아기들을 훔치기 시작했다.

인간 아기들 대신 요람에는 자신들의 넓적하고 땅딸막한 아이들을 눕혀 놓았다. 제대로 먹지 못한 것처럼 마른 아기들이 'wiseel-kind'라고 불린 이유도 그 때문이었다. 아기가 병에 걸려 고생하거나 약을 먹여도 낫지 않으면 엄마들은 고블린들이 아기를 데려갔기 때문이라고 믿곤 하였다.

아까 말했던 것처럼 악몽 속에서 암말의 모습으로 변하여 인간의 가슴팍을 꽉 누르는 것들은 여자 고블린들이었다. 보통 그들은 집의 벽 사이에 난 작은 구멍이나 틈 사이로 들어왔는데 그 틈만 막으면 고블린들의 침입을 막을 수도 있는 일이었다. 혹은 그가 원하는 대로 할 수도 있었다.

그런 일이 많이 있었는지는 모르겠지만 원한다면 고블린을 부인으로 맞을 수도 있는 일이었다. 구멍이 막혀있는 한은 빠져나갈 방법이 없었기 때문에 고블린은 말 잘 듣는 부인이 될 수밖에 없었다. 하지만 어느 순간 구멍이 열리거나 막아 놓았던 것이 떨어지면 당장 그 기회를 놓치지 않고 도망가서 다시는 얼씬도 하지 않았다.

  고블린들의 우두머리는 땅 속 깊이 살고 있었다. 지하를 다스리는 지배자였다. 그의 궁전은 금을 비롯하여 반짝거리는 보석들로 지어졌다. 인간이 차마 셀 수 없을 정도로 엄청난 부를 가지고 있었다. 지하 광산과 용광로에서 일하는 모든 고블린들과 카바우테르들은 검이나 창, 종, 보석들을 만들었는데 우두머리의 말에 무조건 복종해야만 했다.

  이 난쟁이들이 가지고 있는 능력 중 가장 뛰어난 것은 바로 투명요정으로 변할 수 있다는 점이었다. 변신하는 순간 인간들은 수컷 고블린은 물론 암말로 변신한 암컷 고블린도 볼 수 없었다. 늘 들고 다니는 빨간 모자를 쓰면 순식간에 모습이 사라지는 것이었는데 엄청난 마법효과가 있는 물건인 만큼 도깨비들은 그 모자를 잃어버리지 않게 주의를 기울여야 했다. 어쨌든 그 빨간 모자만 쓰면 어떤 인간들의 눈에도 띄지 않을 수 있었다.

  그러던 어느 날 밤 한 나이든 여인이 침대에 누워 있었다. 나이가 꽤 들어 살날이 얼마 남지 않은 노파였다. 빨간 모자를 쓴 보통 체격의 고블린 한 마리가 벽의 틈을 타고 방 안으로 들어와 침대 끄트머리에 서 있었다. 그녀를 깜짝 놀라게 해주기 위해 쓰고 있던 모자를 벗어버릴 생각이었다. 눈앞에 갑작스레 나타난 고블린의 모습을 본 노파는 예상대로 깜짝 놀라 비명을 질렀다.

"썩 꺼져라! 당장 나가라! 이 사악한 것 같으니라고!"

하지만 고블린은 코웃음만 칠뿐이었다. 초록색 눈알만 데굴데굴 굴리고 있었다. 노파는 딸 알리다를 불러 귓속말을 건넸다.

"내 나막신을 가지고 오너라."

노파는 힘겹게 몸을 일으켜 고블린의 머리를 향해 나막신을 한 짝씩 힘껏 던졌다. 고블린은 서둘러 들어온 벽 틈으로 도망치려 했다. 하지만 그의 몸이 반도 채 빠져나가기 전에 알리다가 그의 빨간 모자를 낚아채 버렸다. 그리고는 갈라진 발을 바늘로 꿰매어 줄 수 있는 최대한의 고통을 주기 시작했다.

고블린은 비명을 꽥꽥 질러댔다. 그가 빠져 나가려던 틈 속을 보니 꽤 어두컴컴했다.

빨간 모자를 이리저리 돌려보다가 그녀의 머릿속에 좋은 생각이 떠올랐다. 당장 마을 사람들에게 가 이야기를 하니 모두가 한 목소리로 찬성하였다. 다음 달이 뜨는 밤에 모든 농부들과 남자들, 어린 남자아이들까지 수 백 명의 사람들이 모인 다음, 드렌터 주로 고블린들을 모두 유인하자는 것이었다. 그런 다음 빨간 모자를 빼앗아 버리고 해가 뜰 때까지 그들을 잡아 두면 곧 모든 고블린들이 죽어버릴 것이라는 것이었다.

고블린이 모자를 다시 찾으러 돌아올 것이라 생각한 알리다는 벽 틈 입구에 메모를 하나 남겨 두었다. 내용인 즉, 혼자 오지 말고 고블린들을 모두 데리고 황무지 근처로 오라는 것이었다. 그럼 그곳에 있는 수풀 속에서 모자를 찾을 수 있을 것이라는 것이며, 함께 온 고블린들과 같이 모자를 되찾은 축하 파티를 열 수도 있을 것이라 덧붙였다. 모자를 돌려주는 대신 금목걸이를 들고 오라는 요구까지 적어 두었다.

드디어 달이 떠오르는 밤이 되었고 마을의 모든 남자들이 약속된 장소에 모여들었다. 그들은 하마메리스를 비롯한 다른 약초들과 함께 말굽 편자들을 가져 왔는데 그 약초는 고블린들에게 아주 치명적인 영향을 주는 것들이었다. 또한 남자들은 룬 문자로 쓰인 두루마리와 고블린들을 물리치는 데에 효과가 제대로인 여러 주문들을 외워왔다.

사람들은 둥글게 서서 중앙으로 모이기로 입을 맞추었고 그 중앙에는 알리다가 고블린의 모자를 걸어 두기로 하였다. 고블린들이 모이는 순간 우르르 달려가 고블린들의 모자를 낚아챌 계획이었다. 눈에 보이든 안 보이든 이리저리 손을 휘두르고 밀치다 보면 가능할 일처럼 보였다.

알리다가 걸어 놓은 수풀 속 빨간 모자가 신호나 마찬가지였다. 드디어 모든 준비가 끝났다. 남자들은 고블린들의 모자를 잡기 위해 이리저리 손을 휘둘렀다.

고블린들의 작은 키에 맞추어 땅에서 1m정도 떨어진 허공에 마구 손을 내저으며 이리저리 밀치기 시작했다. 몇 분이 지나자 금세 수백 개의 모자를 잡을 수 있었다.

  모자가 벗겨진 고블린들의 모습도 눈앞에 펼쳐졌다. 역시 듣던 대로 흉측한 모습이었다. 하지만 용케 무사히 도망친 고블린들도 있었다. 여전히 모자를 쓴 채 눈에 띄지 않고 말이다. 하지만 무리를 지어 도망갈 때는 꼬리가 잡힐 수밖에 없었다. 무리 중 하나 둘씩은 모자가 없어서 눈에 띄었기 때문이다. 인간들은 네 그룹으로 나누어 멀리까지 고블린들을 쫓아갔다. 한밤중에 일어난 흥미로운 추격전이었다. 고블린과 인간들 사이에 일어나는 몸싸움은 참 재미난 구경거리였다.

  그 몸싸움은 동이 터올 때까지 멈출 줄을 몰랐다. 고블린들이 무사히 도망쳤으면 참 다행이었을 텐데 그렇지 못했다. 몇몇은 너무 착해서 다른 고블린들을 돕느라, 멍청한 고블린들은 빼앗긴 모자에 미련이 남아서 혹은 모자 없이 우두머리에게 돌아가면 혼이 날까봐 걱정이 되어서 머뭇거리느라 도망갈 시기를 놓치고 말았다.

  그렇게 뜸을 들이는 사이 어느덧 태양은 높이 떠오르기 시작했다. 햇빛을 받는 순간 고블린들은 모두 바위로 변하고 말았다. 좀 전 까지만 해도 나무 한 그루 없이 황량하던 들판은 인간들과 돌들로 가득했다. 파란 하늘 아래에 정적만 가득했다. 인간들과 고블린들의 엄청난 전투가 벌어졌음을 대놓고 알리듯 둥근 바위들만 사방에 깔려 있었다.

크기도 다양한 이 바위들은 오늘날까지 그대로 남아있다. 여름이 되면 메밀과 감자 꽃 사이에 혹은 그늘과 구름 아래에, 가을바람 사이에, 겨울에는 쌓인 눈밭 아래에 넓은 황야가 펼쳐져 있다. 그 위에는 몇 천 년을 살아온 참나무들이 자라나기도 했다. 농부들의 들판, 혹은 헛간 근처에도 나무들이 자라나고 있었다. 젖소들이 나무 사이를 어슬렁거리며 무슨 일이 일어났는지 전혀 알지 못하는 눈치였다. 그 이후로 고블린들의 모습을 본 사람은 아무도 없었다.

## 브라보와 거인

지구에 수많은 거인들이 살았던 아주 오랜 옛날, 안티고누스라는 거인이 살고 있었다. 그의 어머니가 지어준 이름은 아니었지만 누군가 그리스어로 그렇게 부른 이후, 그 이름이 꽤 마음에 들었는지 그 이름을 쓰기 시작했다.

그는 거칠고 잔인한 거인이었다. 그가 살고 있는 성은 스켈트 강 위에 세워져 있었는데 지금 앤트워프 시가 있는 곳이었다. 많은 배들이 이 을 통과하여 프랑스와 네덜란드를 항해했다. 주로 목재, 아마실, 쇠, 치즈, 생선, 빵, 리넨 등을 수출하는 데에 이용되었다. 이 무역을 통해 상인들은 부유해질 수 있었으며, 그들의 자식은 그 덕에 많은 장난감을 가질 수 있었다. 그 강은 아주 크고 깊었으며 넓었다. 선장들은 그 강을 항해하는 것을 좋아하였는데 워낙 넓어 바위에 부딪힐 염려도 없었으며 항해하는 동안 주위의 아름다운 풍경을 즐길 수 있기 때문이었다.

매일 매일 하얀 돛을 단 배들이 바다를 향해 미끄러지듯이 홀

러갔고 또 대양에서부터 강으로 흘러들어 왔다. 어린 아이들은 나막신을 신고 강둑에 서서 배들이 움직이는 것을 흥미롭게 지켜보았다. 항구로 들어오는 배들은 설탕이나 와인, 오렌지, 레몬, 올리브 등 좋아 보이는 음식들과 양털을 싣고 왔다. 가끔씩은 남쪽 나라에서 솜씨 좋은 공예가들을 데리고 오기도 했는데 집이나 교회, 성당을 짓는 데에 필요한 인력이었다. 모든 벨기에 국민들은 행복한 생활을 누릴 수 있었다.

하지만 그러던 어느 날, 이 사악한 거인은 배들을 멈추고 통행료를 내게 하였다. 그는 강둑 위에 튼튼한 성 하나를 세웠다. 네 면은 모두 높고 튼튼한 성벽으로 둘러싸여 있었으며 땅 아래 깊숙이 튼튼히 박혀 있었다. 그 깜깜한 지하로 들어가기 위해서는 촛불이 필요할 정도로 암흑의 세계였다. 대체 무엇 때문에 갑자기 성이 생긴 것일까? 사람들은 몹시 궁금해 하였고, 곧 그 해답을 찾을 수 있었다.

거인이 참나무로 만든 몽둥이를 들고 저벅저벅 걸어 나왔다. 그는 광장에 모여 있는 사람들을 향하여 크게 소리쳤다.

"오늘부터 말이다." 거인이 외쳤다.

"상류로 가든 하류로 가든 그 어떤 배도 내 허락 없이는 이곳을 지나갈 수 없다. 모든 선장들은 통행료를 지불해야만 한다. 꼭 돈이 아니라 물건으로 지불하여도 된다. 내 말을 거부하는 자는 손을 자르거나 바닷물 속에 던져버릴 것이다. 모두 내 말을 순순히 따르는 게 좋을 것이다. 통행료를 내지 않고 몰래 지나가다가 잡히는 자는 밤낮을 가리지 않고 엄지손가락을 잘라버리고 지하 감옥 속에 한 달 동안 가둬 놓을 것이다. 마지막으로 한 번 더 말하겠다. 내 말에 무조건 복종해야 할 것이다!"

거인은 방망이를 한 번 높이 휘두르더니 아무 죄 없는 가난한 농부의 수레를 박살내 버렸다. 자신의 말을 듣지 않으면 어떻게 되는지 미리 경고를 주는 셈이었다. 그리하여 배들은 그곳을 지날 때마다 거인에게 상당한 금액의 통행료를 지불해야만 했다.

부유한 이든 가난한 이든 어떤 예외도 없이 거인의 손에 돈을 쥐어 주어야 했다. 만약 돈 내기를 거부하면 해안가로 끌고 가서 도끼로 양 손을 잘라 물속으로 던지는 잔인한 짓까지 해버렸다. 만약 선장이 정말 돈이 없어 머뭇거리면 그 즉시 지하 감옥으로 던져졌다. 그의 동료가 대신 몸값을 지불할 때까지 그곳에 꼼짝없이 갇혀 있어야만 했다.

얼마 지나지 않아 그 동네에 대한 악명이 널리 퍼지기 시작했다. 프랑스와 스페인에서 온 배들과 선장들의 수가 점점 줄어들었다. 상인들은 무역 수요가 줄어드는 것을 금세 느낄 수 있었고 당연히 벌어들이는 수입도 절반으로 뚝 떨어졌다. 그 중 몇몇은 도저히 견디지 못하고 몰래 거인의 성을 지나 그 도시를 빠져나가려고 시도하였다. 하지만 거인의 감시꾼들은 성 위에 서서 잠도 자지 않고 매의 눈으로 사방을 지켜보고 있었다.

몰래 도망가는 선장들을 잡아 당장 손을 아작 내버리고 물속으로 던져버렸다. 배에 타고 있던 나머지 사람들은 지하 감옥 속에 갇히거나 엄지손가락이 잘리고 말았다.

도시가 점점 황폐화되는 것은 당연한 결과였다. 다른 나라에서 오는 상인들은 거인이 무서워 바다를 건널 생각도 감히 하지 못했다. 그 도시에 대한 악명은 날이 갈수록 더욱 나빠져만 갔고, '손던지기(Hand Werpen), '네덜란드 말로는 '앤트워프(Antwerp)'라는 별명이 붙여졌다.

브라반트 공작이 결국 거인의 성에 와 그만 두라고 엄포를 놓았다. 심지어 그 무시무시한 거인의 코앞에 주먹을 들이 밀며 당장 그만두지 않으면 성을 활활 불태워버리겠다고 협박까지 했다. 하지만 안티고누스는 코웃음을 치며 손가락만 딱딱거리고 있었다. 오히려 그는 성을 더 튼튼하게 만들고 여전히 비싼 통행료를 거두고 있었다. 말을 듣지 않는 자들의 손가락을 자르거나 지하 감옥으로 던져버리는 일도 계속되었다.

한편, 브라보(Brabo)라는 이름의 용감한 청년 하나가 브라반트 주에 살고 있었다. 브라보는 노란색, 검정색, 빨간색으로 이루어진 국기와 자신의 나라를 진심으로 자랑스러워하였다. 그는 이미 성에 대해 철저히 파악을 했고 거인 성의 창문을 타고 올라가면 될 것이라 계획까지 세워 두었다. 그리고 브라보는 공작에게 갔다. 만약 병사들의 지원으로 성문을 부수게만 도와준다면 그 사악한 거인과 기꺼이 맞서 싸우겠다고 하였다.

군사들이 성문을 부수는 동안 자신은 성벽을 기어오를 생각이었다.

"그 거인은 단지 허풍쟁이일 뿐입니다." 브라보가 말했다.

"안티고누스가 아니라 허풍쟁이라고 부르는 것이 더 어울릴 것입니다."

공작은 알겠다고 하였다. 어느 깜깜한 밤 그의 군사 천 명이 깃대를 흔들며 길을 떠났다. 하지만 소란을 일으켜 감시꾼들의 주목을 끌 수 있는 북이나 피리 등 악기는 들지 않았다.

성 근처 무성한 숲에 도착한 그들은 자정이 될 때까지 조용히 기다렸다. 반경 5마일 이내에 사는 개들은 일찌감치 잡아 헛간에 묶어 두었다. 혹시나 짖으면 거인들을 깨울 수 있었기 때문이다. 거인들은 저녁을 잔뜩 먹어 일찍 곯아떨어진 뒤였다. 신호가 떨어지자 군사들은 돛대를 들고 성문 안으로 쳐들어가기 시작했다.

단단한 성문도 그들의 힘에는 결국 당할 수가 없었다. 거인 수비대들을 손쉽게 처리한 그들은 촛불을 켜고 지하 감옥의 문을 열어 포로들을 모두 풀어주었다. 그들은 한참동안 음식을 먹지 못해 금방이라도 쓰러질 듯한 앙상한 모습에 얼굴은 허옇게 질려 있었다. 하필 그 때 개들을 묶어 두었던 헛간 문이 열리는 바람에 개들이 쫓아 나와 크게 짖어 대기 시작했다. 마치 무슨 일이 일어나는지 알겠다는 듯 목청껏 짖고 있었다.

그나저나 거인은 어디 있는 것인가? 선장들은 거인의 모습은 흔적도 볼 수가 없었다. 죄수들이나 수비대들조차 그가 어디 있는지 도통 알 수가 없었다. 하지만 브라보는 알고 있었.

안티고누스가 겉으로는 큰 소리를 뻥뻥 치는 잔인한 거인이지만 실상은 아무 용기도 없는 겁쟁이라는 것을 말이다. 브라보는 하나도 두렵지 않았다. 그의 동료들이 성벽을 오를 수 있게 사다리를 세워 주었다. 그 동안 성 안에서는 군사들과 감시꾼들이 성문을 지키려 안간힘을 쓰고 있었다. 브라보는 성큼성큼 성벽을 올라가 벽 틈 사이로 들어갔다.

평소에는 궁수들이 성을 지키고 있는 작은 틈이었다. 브라보는 검을 들고 거인의 방으로 향하였다. 그가 다가오는 모습을 본 거인은 방망이를 들고 바닥을 쾅 내리쳤다. 하지만 날쌘 브라보는 손쉽게 그의 공격을 피할 수 있었다.

세 번이나 요리조리 피한 브라보는 드디어 검을 휘둘렀다. 단숨에 거인의 목을 베어 창밖으로 던져버렸다. 마침 달려오던 개들 중 하나가 그 털북숭이 머리를 받아 들고 잽싸게 도망쳐 버렸다. 그렇다면 거인의 손은 어떻게 된 것인가! 그 잔인한 거인의 손 역시 브라보가 검으로 베어버렸다. 아래에서 그 모습을 지켜보고 있던 모든 이들이 환호성을 질렀다. 거인이 선장들의 손을 자를 때의 모습을 따라하며 브라보는 한 손을 다른 쪽 손에 얌전히 포갰다. 오른손 위에 왼손을 얹고는 강 속으로 멀리 던져버렸다.

용맹한 브라보의 모습을 보며 사람들은 기쁨의 환호성을 지르며 그의 용기에 크게 찬사를 보냈다. 앤트워프의 모든 집에서는 촛불이 켜졌고 이내 도시는 환하게 빛나고 있었다. 성문 밖으로 처녀들 한 무리가 걸어 나왔다. 그들은 하얀 옷을 입고 있었지만 그들의 우두머리들은 노랑과 빨강, 검정색 옷을 입고 있었다. 그들의 국기처럼 말이다. 그들은 브라보의 업적을 찬양하는 노래를 부르고 있었다.

"이제 이 도시의 악명을 버리고 새로운 이름을 짓자."

무리 중 하나가 외쳤다.

"아니다." 우두머리가 말했다.

"이름은 그대로 두어야 한다. 대신 그 동안 무역을 망설였던 배들을 다시 오게끔 해야 한다. '부두에서(at the wharf)' 라는 뜻의 '앤트워프(an-'t-werf)'라는 이름은 그대로 지켜야 한다."

"좋습니다!"

사람들이 크게 외쳤다. 브라반트 공작 역시 고개를 끄덕이며 브라보의 업적에 크게 찬사를 보냈다. 계급에 상관없이 모든 이들이 그를 영웅으로 떠받들었고 브라보는 엄청난 명예를 얻게 되었다. 이후 앤트워프에는 예전보다 훨씬 많은 배들이 여러 가지 물건을 싣고 들어오기 시작했다. 예전의 부를 되찾는 데에는 그리 오랜 시간이 걸리지 않았다.

사람들 역시 자신의 나라를 사랑하고 자랑스러워했으며 '이 세상은 반지와 같고 그 중에서도 앤트워프는 그 안의 진주와 같은 나라이다.' 라는 속담까지 만들었다.

오늘날에도 이 광장에는 브라보 기념상이 세워져 있다. 머리와 손이 잘린 거인 안티고누스의 조각상 역시 앤트워프 성 옆에서 볼 수 있다. 성의 가장 높은 곳에는 브라보의 동상이 세워져 있다. 그의 한 손에는 안티고누스의 손 한 짝이 들려져 있다. 그 이후로 용맹함은 벨기에인의 상징이 되었다. 그 옛 시절부터 지금까지 가장 용기 있는 민족으로 여겨지고 있다.

## 산타클로스와 흑인 소년 피트

 산타클로스는 누구인가? 그는 어떻게 그 이름으로 가지게 된 것인가? 그는 어디에 살고 있는가? 과연 당신은 그를 실제로 본 적이 있는가?
 이것들은 사람들이 나에게 종종 묻곤 하는 질문들이다. 산타클로스가 네덜란드에 오기 전, 그러니까 벨기에와 네덜란드에 오기 전에는 여러 다른 이름으로 불렸었다. 어느 나라에 사느냐에 따라, 어느 나라를 방문하느냐에 따라 각기 다른 이름으로 불렸다. 어떤 사람들은 네덜란드에 제방이나 풍차, 와플, 나막신이 생기기도 전부터 마이라에 살고 있었다고도 하였고 또 어떤 사람들은 보릿고개 시절에 훌륭한 성인이 어린 소년들 시체를 세 구 찾아서 절인 후 시장에 팔았는데 니콜라스라는 이름의 선한 남자가 그들을 구했다고도 했다.
 하지만 한 번 화가 나면 주먹을 휘두를 정도로 사나운 성질이었다고도 했는데, 화자는 그것을 믿지는 않는다. 시간이 한참 지난 후에 만들어진 출처를 알 수 없는 거짓이라 생각는데, 성인이 화를 낸다는 것 자체가 사실 말이 되지 않기 때문이다.

여기 니콜라스에 대한 또 다른 이야기가 있다. 아주 아름다운 세 여인이 있었는데 그들의 아버지는 모든 재산을 잃고 빈털터리가 된 상황이었다. 그들은 모두 결혼을 하고 싶었지만 예쁜 드레스를 살 돈이 없었다.

그는 딸들과 미래에 그들의 남편이 될 이들을 생각하며 수심에 잠겼다. 니콜라스는 그들이 살고 있는 집의 창가에 금화가 담긴 자루 세 개를 일렬로 놓았다. 그 돈으로 딸들은 아름다운 드레스를 살 수도 있었고 원하는 남자와 결혼을 할 수도 있었다. 그 후로도 세 부부는 행복한 삶을 살았다. 금세공인, 은행원, 전당포 주인이었던 남자들은 금화가 담긴 그 가방들을 둥근 공 모양으로 만들어 가게 문에 매달아 두었다.

"당신은 두 번 다시 이 물건들을 되찾지 못할 거요."

이것은 그가 반지, 모피, 옷, 시계, 숟가락까지 담보로 잡히면서 들은 말이다. 이 남자에 대한 이야기는 그 종류만 해도 어마어마하다. 니콜라스는 주교, 혹은 감시관이라고도 불렸고 대부분은 교회에서 일어나는 전반적인 일들을 관리하는 남자로 불렸다.

니콜라스 목사는 많은 나라들을 돌아다녀야 했기에 항해사들과 여행자들은 그를 기리기 위해 사원과 교회를 세웠다. 누구든

지 다른 나라로 여행하기 위해서는 바다를 건널 배나 육지를 건널 말, 혹은 추운 북쪽 지방을 건널 때는 순록이 필요했기 때문이다. 하지만 들리는 이야기에 따르면 그는 증기선과 자동차를 이용하여 네덜란드로 왔다고 한다.

산타클로스가 오기 전날이 되면 네덜란드 어린이들은 나막신을 신고 굴뚝 안으로 들어갔다. 그리고는 그들이 타고 오는 말에게 먹일 건초를 넣어두었다. 니콜라스가 처음 네덜란드에 왔을 때는 스페인에서 배를 타고 왔고 그 다음에는 말을 타고 왔다. 그리고 이제는 쇠로 만들어진 거대한 증기선을 타고 왔다. 아마 미래에는 비행기를 타고 올 지도 모르는 일이다.

어쨌거나 모든 신발과 양말을 가득 채우기 위해서는 그것을 나를 동물이 필요했다. 슬레이프니르라는 이름의 백마가 대기하고 있었다. 그의 위에 올라타고 길을 떠나기 시작했다. 그렇다면 산타클로스는 보통 어떤 옷차림을 하고 있을까?

그는 보통 주교의 옷차림과 비슷한 차림을 하고 있었다. 빨간 외투와 터번보다 조금 더 뾰족한 미트라라는 모자를 쓰고 있었는데 그것은 양 옆이 트이고 위가 뾰족한 모자였다.

손에는 주교장이라는 것을 들고 있었는데 양을 돌보는 목동에게 빌린 지팡이처럼 생긴 것이었다. 그 주교장을 들고 다니며 양들을 도왔는데 한 가지 다른 점은 목동들의 지팡이와 달리 끝이

금으로 장식되어 있었다는 점이다.

　백발의 산타클로스는 언제나 생기 도는 불그스레한 뺨을 가지고 있었다. 그는 나이가 많은 노인이었지만 늘 활동적이었고 그의 마음과 감정들은 그보다 한참이나 어린 소년들 못지않았다. 그것은 어머니의 사랑이 태어나고 아버지의 보살핌이 이 세상의 시작부터 존재 했지만 결코 시들지 않음과 같은 이치였다.

　산타클로스가 노르웨이 북부지방을 통해 추운 지역으로 갈 때는 썰매와 순록을 이용했다. 옷차림도 두툼하게 바꿔 입었다. 하얀 산족제비 털로 장식된 외투를 입었고 미트라 대신 털모자를 썼다. 하지만 주교장은 손에서 놓는 일이 없었다.

　눈밭에서는 바퀴 달린 운송 수단은 아무 쓸모가 없었다. 빨리 달리는 것이 가장 좋은 이동수단이었다. 따라서 말과 수레 대신 수사슴이 끄는 썰매를 타고 힘껏 달렸다. 전 세계를 돌며 산타클로스는 어린 아이들이 좋아할 만한 선물을 양말 혹은 스타킹에 넣어 두었다. 예를 들어 그린란드에서는 밀봉 지방이나 낚시 바늘을 주로 선물로 주었다. 그러니 각기 다른 나라의 아이들이 모두 다른 선물을 받는 것은 당연한 일이었다. 하지만 어느 곳이든 못되고 짓궂은 아이들은 있는 법, 그들에게는 선물 대신 스위치를 넣어두거나 아무것도 주지 않는 경우도 있었다.

　산타클로스는 다른 나라들을 여행할 때마다 좋은 물건들을 가지고 돌아왔다. 처음 미국에 갔을 때는 무엇을 들고 왔을까?

옥수수, 감자, 호박, 메이플 시럽 그리고 시가 파이프에 넣을 재료였다. 그 뿐만이 아니라 여태 본 적 없는 새와 동물, 칠면조, 너구리, 그리고 희귀종 꽃들도 함께 들고 왔다. 그 중에 현삼과의 잡초처럼 생긴 식물이 하나 있었는데 유럽에서 아주 큰 인기를 얻었다.

생전 본 적 없는 식물이었기 때문이다. 그것은 곧 미국 벨벳 식물(American Velvet Plant) 혹은 왕의 촛대(the King's Candlestick)라는 이름으로 불리기 시작했다. 하지만 무엇보다도 그의 충실한 조력자 중 한 명인 흑인 소년, 피트를 찾아낸 것이 가장 훌륭한 업적이었다.

위트레흐트 지방에서는 대학생들이 매년 피트와 함께 백마를 타고 있는 산타클로스를 흉내 내는 대회가 펼쳐졌다. 피트의 아버지는 아프리카에서 미국까지 땅콩을 보내왔고 산타클로스 역시 종종 가방 한 가득 땅콩을 채워 네덜란드 소년들의 양말 속에 집어넣었다.

산타클로스는 뉴 네덜란드 지방의 모든 집과 학교들을 들르느라 몹시 바빴다. 그 학교들에서는 남자아이들뿐만 아니라 여자아이들도 무상 교육을 받고 있었다. 후에 그는 키드 대장과 다른 해적들에 대한 소문을 들었다.

줄무늬 셔츠와 빨간 모자를 썼고 머리는 땋아 장어 가죽으로 묶어 등 뒤로 길게 늘어뜨린 생김새였다. 귀걸이를 하고 허리에는 권총과 단검을 차고 있다고 했다. 정당한 방법으로 부를 얻거나 가난한 이들을 돕는 것이 아니라 배를 약탈하여 금화를 빼앗는 해적들이었다. 그리고는 그것들을 몰래 땅 깊숙이 묻어둔다고 하였다. 소설을 너무 많이 읽은 소년들은 그 금화를 찾기 위해 온 땅을 헤집고 다닐 정도였다.

산타클로스는 당연히 그런 사람들을 좋아할 리가 없었다. 게다가 그는 가난한 노예들이나 순수한 아이의 영혼을 가진 자였다. 그러니 인종을 가릴 것 없이 모두가 산타클로스를 좋아하고 존경하였다. 흑인 아이들 역시 12월 6일이 되면 들뜬 마음으로 커다란 양말을 걸어두곤 하였다.

산타클로스는 뉴 네덜란드 사람들의 영혼을 맑게 하였다. 미국 전역의 모든 아이들뿐만 아니라 타국에 살고 있는 모든 미국인들이 그의 방문을 기다리며 문 앞에 커다란 양말을 걸어두었다.

네덜란드에서 피트는 그의 주인에게 아주 충성을 다하는 인물이었다. 착한 아이들에게 줄 선물들뿐만 아니라 못된 아이들에게 줄 것들도 완벽히 준비해 두었다.

착한 아이들을 감동시킬 멋진 선물들과 다른 한 쪽에는 못된 아이들을 혼내 줄 등나무 채찍과 자작나무 회초리가 든 상자들이 있었다. 피트는 뿔피리 하나를 꺼냈다. 그 안에는 인형, 작은 배, 피리, 북, 공, 장난감 집, 깃발, 노아의 방주에 탔던 동물들, 장난감 성, 전함, 그림책, 작은 기관차, 자동차, 기차, 비행기, 말, 풍차, 쿠키, 사탕, 대리석, 성, 선풍기, 레이스 등 그 종류를 다 나열하기도 힘들 만큼 다양한 종류의 것들이 들어있었다.

산타클로스의 말 슬레이프니르를 돌보는 것도 피트의 몫이었다. 지금 어뢰와 유보트 잠수함의 이름도 그 속도 때문에 슬레이프니르의 이름을 딴 것이라 보면 된다.

슬레이프니르는 다리가 여덟 개나 되어서 그렇게 속도가 빠른 것이었다. 하지만 보덴이 그를 탄 이후로는 네 개의 다리가 떨어져 나갔고, 지금 우리가 흔히 보는 것처럼 네개의 다리를 가지게 된 것이었다. 그제야 슬레이프니르는 지네가 아니라 말의 모습처럼 보이기 시작했다. 산타클로스가 말을 타지 않고 걸어서 이동할 때마다 피트 역시 그를 따라 걸어서 이동해야 했다. 아이들에게 줄 선물들이 잔뜩 들어있는 상자가 몹시 무거웠지만 다른 방법이 없었다.

한편, 산타클로스는 그 집의 아이들이 부유한지 아닌지에 대해서는 전혀 관심이 없었다. 단지 아이들이 착한 지 못된 지에만 관심이 있었다.

옷장에서 잼을 훔치거나 부엌에서 쿠키를 훔치다가 잡힌 남자 아이들, 혹은 설탕을 몰래 꺼내거나 단 것을 너무 많이 먹는 여자 아이들, 혹은 못되고 인색하고 이기적이고 성질만 내는 아이들은 모두 못된 아이들로 분류되어 선물을 받을 수 없었다. 크리스마스가 되기 몇 주 전에만 바짝 교회를 나가며 크리스마스 이후로는 코빼기도 안 보이는 아이들 역시 마찬가지였다. 산타클로스는 모두 다 알고 있었다.

피트 역시 마찬가지였다. 네덜란드에서 피트는 여전히 뉴 네덜란드에서 입던 옷을 그대로 가지고 있었다. 짧은 외투, 통이 큰 줄무늬 바지, 끈 달린 신발, 빨간 모자를 쓰고 목 주위에는 주름 칼라를 달았다. 가끔 그는 못된 아이들을 잡아 30분가량 자루 안에 넣어두어 겁을 주기도 했다. 혹은 깜깜한 옷장 속에 집어넣거나 저녁을 굶겨 벌을 주기도 했다.

산타클로스가 네덜란드를 떠나 스페인이나 다른 나라로 돌아갈 때 피트는 여전히 슬레이프니르를 보살폈으며 이듬해 그가 다시 돌아올 때까지 그를 꽁꽁 숨겨두어야 했다. 화자는 산타클로스가 어디 살고 있는지 알고 있지만 그것을 말할 생각은 전혀 없다.

## 속치마를 20개나 입은 공주

아주 오랜 옛날, 네덜란드에 파란색 아마꽃이 피기도 전, 네덜란드 엄마들이 늑대 가죽으로 만든 옷을 만들어 입을 때의 이야기이다. 어린 공주가 살고 있었는데 전장의 지배자, 위대한 왕에게 사랑을 듬뿍 받는 딸이었다.

그녀는 스스로도 예쁜 것을 잘 알고 있었고 그런 자신의 모습을 보는 것을 좋아했다. 그 시절에는 지금처럼 금속으로 만든 거울이나 비춰볼 만한 유리가 없었다. 그래서 공주는 숲 속으로 가 자신의 사랑스러운 얼굴을 비춰주는 깊고 잔잔한 연못을 한참동안 들여다보곤 했다. 결코 싫증나지 않는 즐거움이었다.

하지만 그녀의 성격은 예쁘장한 얼굴과는 매우 달랐다. 기분이 나쁠 때는 모래밭이나 나뭇잎 더미에서 한참을 뒹굴어 머리카락이 마구 헝클어질 때까지 놀곤 했다. 그러면 유모가 돌빗으로 그녀의 헝클어진 머리를 빗어주곤 했다. 그 당시에는 다른 빗이 없었다. 하지만 공주는 유모에게 소리를 치거나 어쩔 때는 발로 차

기도 했다. 몹시 화가 났을 대는 "들소." 라고 부르기도 했다. 물소만한 몸집의 거대한 짐승 말이다. 그러면 유모는 자신의 얼굴을 감싸며 소리쳤다.

"내가 들소라니! 그런 끔찍한 말을!" 그러다 보면 진짜 자신의 이마에 뿔이 자라고 있는 듯한 느낌까지 들었다.

"여자 가정교사"로 불리던 유모는 시간이 지날수록 공주의 못된 행실에 지쳐만 갔다. 참지 못하고 공주의 엄마에게 가 그녀의 행실에 대해 고자질이라도 하면 공주는 한층 더 심하게 성질을 부리곤 했다. 나뭇잎 속을 더 힘차게 구르고 머리카락을 더 헝클어뜨려 유모는 어쩔 수 없이 또 돌빗으로 그 머리카락을 푸는 데 긴 시간을 허비해야만 했다.

공주의 귀를 잡아당기거나 팔을 꼬집거나 엉덩이를 때리는 것으로 벌을 주는 것은 더 이상 아무 효과도 없었다. 심지어 저녁식사를 굶기도 해보았지만 아무런 효과가 없었다. 결국 공주의 유모와 엄마는 함께 그녀의 아버지에게로 갔다.

딸의 행실에 대한 이야기를 들은 왕은 몹시 걱정하기 시작했다. 아무리 강한 적군이라도 곤봉과 창을 들고 무찌를 수 있었고, 심지어 거인들도 창과 도끼로 이길 수 있었지만, 가장 아끼고 사랑하는 딸의 행실을 바로잡을 방법은 전혀 알지 못했다. 게다가 무남독녀였으니 온 가족의 희망이 그 외동딸에게 달려 있었다.

자신이 죽고 난 후 이 나라를 다스려야 하는 딸이 장차 어떤 여왕이 될 것인지 걱정이 되었다. 하지만 희망이 전혀 없는 것은 아니었다. 아무리 천방지축 말괄량이 같은 그녀지만 그녀의 아버지처럼 동물에게만큼은 아주 다정했기 때문이다. 마침 그녀는 작은 새끼 들소를 키우고 있었다. 지난 겨울, 사냥꾼들이 그 어미를 사냥했기에 작고 가여운 새끼를 데려와 매일 같이 밥을 주고 키우기 시작했던 것이었다.

왕은 참담한 얼굴로 숲을 거닐며 생각했다. 지금은 잔뜩 모난 자신의 딸을 어떻게 하면 다정한 여인으로 만들 수 있을까 말이다. 금방 자라나 여인이 될 텐데 말이다.

왕은 자신의 어릴 적을 생각해 보았다. 그는 모든 살아있는 생물에 다정했다. 야생 동물이든 애완동물이든 말을 하든 못하든……그랬다, 심지어 숲 속의 나무들에게도 다정했다. 왕자였던 시절에는 나무꾼이 참나무를 베는 것까지 몸소 막았다. 그곳에 사는 요정들을 보호하기 위해서 말이다. 특히 그의 아버지인 왕의 별장 근처에 아주 커다란 참나무가 한 그루 있었다.

의사들은 이파리가 무성한 나뭇가지에서 어린 아기들을 발견했고, 그 아이들을 엄마들에게 데려다 주었다. 그 왕자 소년은 온 정성을 다해 그 나무를 돌보았다. 소년은 훌륭한 선생님으로부터 죽은 가지들을 잘라내고, 벌레들을 쫓는 법을 배웠다. 그리고 크리스마스 시즌에 나뭇가지를 찾으러 오는 사람들까지 모두 쫓아낼 정도로 온갖 정성을 쏟았다.

언젠가 사냥꾼들이 암컷 들소와 송아지 두 마리를 쫓아 왕의 공원으로 들어왔을 때 왕자는 아직 나이가 어렸을 때였음에도 불구하고 마구 달려 그들을 쫓아내 버렸다. 그리고는 그 들소 가족에게 보금자리를 주고 통통해질 때까지 정성으로 보살폈다. 게다가 능숙한 사냥꾼에게 어미 들소의 목소리를 흉내 내게 해서 숲 속에 있던 아빠 들소까지 불러 들였다. 그렇게 들소 가족을 한 데 모아 다시 자연으로 돌려보내 주기도 했다.

말을 못하는 짐승들이지만 즐거워하는 모습을 보며 그 역시 행복한 표정을 지었다. 그랬던 소년이 어른이 되고 왕이 되었다. 한동안 잊고 지낸 어린 시절이었는데 숲 속을 거닐면서 옛 기억이 떠올랐다. 그때, 갑자기 산들바람이 불어오더니 참나무 잎들이 바스락거리며 속삭이기 시작했다. 이내 선명한 말소리가 들려왔다. 참나무의 목소리였다.

"나는 무려 천년 동안 이곳에 있었네. 제일 처음 도토리로 이 땅에 심겨질 때부터 말이지. 하지만 이제 나는 곧 세상을 떠날 때가 되었네. 내 몸을 베어서 그것으로 나무 속치마를 만들게. 그리고 딸이 말썽을 부릴 때마다 그 나무 속치마를 입히도록 하게. 딸이 말썽을 피우면 그 치마를 입게 하게나. 다시 착해지겠다고 약속

할 때까지 말이지."

왕은 어릴 때부터 함께 했던 나무를 잃는다는 사실에 크게 상심했다. 자신의 아버지와 함께 뛰놀았던 기억이 생생하게 떠올라 고개를 떨궜다.

"슬퍼하지 말게, 나의 친구여." 참나무가 말했다.

"나는 떠나지만 더 좋은 일이 일어날 것이네. 이 자리에 파란 꽃 한 송이가 피어날 것이야. 이 숲은 곧 따스한 햇살이 내리쬐는 들판이 될 것이네. 자네의 딸이 착해지면 여인들은 나무 속치마보다 더 예쁜 것을 만들기 시작할 테지. 파란 꽃을 잊지 말게."

참나무가 덧붙여 말했다.

"대신, 나를 기억해주길 바라며, 자네의 성을 '텐 에이크(네덜란드어로 "참나무에서" 라는 뜻)'로 해주게나."

그 순간, 커다란 들소가 숲 속으로 뛰어 들어왔다. 기다란 털과 헝클어진 흰 갈기들이 그의 나이를 가늠할 수 있게 해주었다. 그 짐승이 뿔로 자신을 들이받고 공격할 것이라 생각한 왕은 창을 들고 그 거대한 짐승을 물리치려했다. 하지만 들소는 왕으로부터 10피트 떨어진 곳에 멈춰 서서 더 이상 가까이 오지 않고 큰 소리로 울부짖기 시작했다. 그리고 이내, 그 울음소리는 말소리로 바뀌었다.

"나 역시 저 참나무와 함께 죽을 것이오. 우리는 천년이라는 시간 동안 함께 마법에 걸린 형제이기 때문이지. 이제 곧 그 마법이 풀려 이 세상을 떠날 것이오. 참나무도, 나도 자네가 어린 왕자였을 때부터 베풀어준 그 친절을 잊지는 못할 것이오. 곧 우리의 영혼은 자유를 되찾아 우리의 고향인 달로 돌아갈 것이오. 내 오른쪽 뿔을 잘라 빗을 만들고 그 빗으로 자네 딸의 머리를 빗는 데에 사용하도록 하시오. 돌빗보다 훨씬 부드러울 것이오."

잠시 후 폭풍우가 일었고 왕은 바위 뒤로 몸을 피했다. 얼마 지나지 않아 바람이 잦아들었고 하늘이 다시 맑아졌다. 왕의 눈앞에는 참나무가 쓰러져 있었다. 그 옆에는 들소가 죽어 있었다.

한편 왕의 나무꾼은 왕에게 무슨 일이라고 생긴 것은 아닌지 걱정이 되어 한달음에 달려갔다. 왕은 그들에게 들소의 오른쪽 뿔을 잘라내고 참나무의 일부를 잘라내라고 명령하였다. 다음날 그들은 나무 속치마와 뿔빗을 만들었다. 그것들은 왕국의 모든 여인들이 보러 올 정도로 진기한 물건들이었다.

그 후, 왕은 자기 자신을 '텐 에이크' 땅의 왕이라 칭하였고, 그 후에도 참나무가 부탁한 대로 자신의 가족 이름을 모두 텐 에이크라고 지었다. 그리고 공주가 못된 짓을 할 때마다 나무 속치마를 입혔다. 그 우스꽝스러운 모습을 본 아이들이 공주를 놀려대는 것이 아주 엄청난 벌이었기 때문이다. 그런데 신기한 일이 벌어졌다.

유모가 공주의 머리를 빗겨줄 때마다 공주가 온화하고 상냥하게 변해가는 것이었다. 심지어 공주는 유모에게 머리를 빗겨줘서 고맙다고 말하며 새로운 뿔빗으로 머리를 빗는 것이 너무 좋다고 말하였다. 그녀는 심지어 아버지에게 가서 자신의 뿔빗도 만들어 달라고 간절히 부탁하였다. 얼마 지나지 않아 공주는 자기 스스로 머리를 빗어 유모와 부모님을 깜짝 놀라게 만들었다. 정말 놀랍게도 공주는 엄청나게 변했다. 더 이상 나무 속치마를 입을 일도 없었다. 1-2년 뒤에는 전혀 속치마를 입을 만큼 못된 짓을 하지도 않았다. 그래서 공주에 대한 좋지 않은 얘기들도 점점 잊혀져 갔다.

어느 여름날, 공주가 참나무가 있던 곳을 지날 때 그녀는 파란 꽃 한 송이를 발견하였다. 처음 보는 낯선 꽃이었지만 굉장히 아름다운 꽃이었다. 그는 꽃을 꺾어 머리에 꽂아보았다. 집에 돌아온 공주의 머리에 꽂힌 꽃을 본 그녀의 숙모는 그것이 아마 꽃이라 하였다.

봄이 지나는 동안 초록 풀잎들이 엄청나게 자라났다. 예전에 풀숲이었던 바로 그곳에 말이다. 그리고 여름이 되자 그 풀들은 30cm가량이나 자라났다. 여인들은 그 줄기를 물에 넣어 거친 아마 줄기를 썩히는 방법을 배웠다. 그리고는 줄기 내에서 가느다란 실을 뽑아내어 물레를 돌렸다. 그러면 아름다운 천이 만들어지는 것이었다. 그리고 그 실을 햇볕 아래에 펼쳐 놓으면 하얗게 표백이 되었다. 아마 실은 리넨으로 만들어졌고 그 다음에 레이스로 만들어졌다.

"이제부터 이곳을 그루엔-벨드(초록 들판)라고 하자." 라며 어둠의 숲이 아름다운 푸른 들판으로 변모한 것을 본 사람들이 소리쳤다. 그리하여 그곳은 지금까지 초록 들판으로 불리고 있다.

하얀 리넨 천으로 만든 예쁜 옷들을 본 공주는 새로운 옷 스타일을 만들어내기 시작했다. 상의 혹은 '록'이라 불리는 것은 허리 위까지 오는 옷이었는데 공주는 그것을 '보벤 록'이라 불렀다.

반대로 허리 아래로 내려가는 옷은 '베네덴 록'이라 불렀다. 네덜란드 말로 '보벤'은 위를, '베네덴'은 아래를 의미하는 말이었다. 시간이 지날수록 리넨은 더 아름답고 예쁜 모습으로 짜졌다. 공주는 그 리넨 천으로 직접 새로운 속치마를 만들기 시작했다. 한번 입어보고 몹시 만족한 공주는 계속해서 속치마를 입고 싶어 했다. 하나씩 입다 보니 어느새 20개나 입게 되었다. 마치 치마처럼 보이는 그 모습에 공주는 스스로 뿌듯해 했다.

남들이 보기에는 둥근 원통처럼 보일 뿐이었지만 말이다. '그린 필드'의 모든 여인들, 공주의 엄마, 하녀들을 포함한 여인들은 공주가 새로 만든 유행을 전부 따라하기 시작했다. 하지만 무려 20개의 속치마를 입는 다는 것은 결혼을 앞둔 가난한 처녀들에게는 쉬운 일이 아니었다.

하지만 그 당시에는 유행이었기 때문에 모든 예비 신부들은 그것을 따라야만 했다. 결국 최소 20개의 속치마를 입는 것이 당연한 관습이 되었다. 가장 적절한 수가 20개라고 여겨졌기 때문이다. 심지어 남자들 사이에서도 새로운 규칙이 생겨났다. 약혼한 남자들 혹은 그를 도와주는 그의 여자 친척들에게 하나 이상의 속치마를 만들어 주는 것이었다. 그녀의 옷장을 채워주기 위해서 말이다.

그 유행은 더욱 널리 퍼져 지금까지도 많은 여인들이 그 관습을 따르고 있다. 뚱뚱하든 말랐든 키가 크든 작든 말이다. 그들은 속치마를 껴입고는 마치 치마를 입은 것처럼 나풀거리며 거리를 다녔다. 시장에 가서 물고기를 팔며 "신선한 청어요!"를 외치든 집에서 뜨개질을 하든 단지 집 앞에 나가든 간에 상관없이 속치마를 껴입고 펄럭이며 다녔다.

어떤 동네에서는 속치마를 선물 받는 것만큼 기분 좋은 일은 없었다. 뚱뚱하게 속치마를 껴입고는 커다란 통처럼 보이는 것조차 그 당시에는 유행이었다. 그에 따라 남자들은 댐을 건설하여 겨울 동안 아마 줄기를 썩히기 위한 물을 받아놓았다. 리넨 산업은 사람들을 더욱 부유하게 만들었다. 곧 그 도시는 번성하였고 사람들은 그 도시를 로테르담이라 불렀다. 아마를 썩히는 댐이라는 뜻이었다.

한때 연못과 작은 강들이 흐르는 참나무 숲이었던 그 곳은 이제 푸른 초원 사이로 은빛 물줄기가 부드럽게 흐르고 있다. 그래서 그들은 초록색과 흰색을 섞어 도시의 문장과 인장을 만들었다. 즉, 초록색과 은색 말이다. 오늘날까지 그 도시의 깃발과 문장 그리고 대양을 건너는 증기선의 높은 연무대에서 그 깃발을 볼 수 있다. 넓은 두 초록 띠 사이에 놓인 하얀 띠를 말이다.

## 실 짓는 왕자와 백설 공주

아주 오래전, 로마인들이 이 땅에 발을 딛기도 전에, 요정들이 숲을 다스리고 있을 때, 참나무 아래에 사는 처녀 한 명이 있었다. 그녀가 어렸을 때는 '번들킨'이라는 이름으로 불렸다.

그녀에게는 오라버니 넷이 있었는데 그들은 모두 막내 여동생을 아주 아끼며 그녀를 행복하게 만들 수 있는 일은 뭐든지 하였다. 그녀의 아버지는 뚱뚱하고 유명한 사냥꾼이었다. 그가 숲으로 사냥을 나설 때면 어떤 곰이나 늑대, 들소, 수노루, 사슴을 비롯한 어떤 동물들도 그의 화살이나 창, 덫을 피할 수 없었다.

그는 아들들에게 어떻게 동물을 쫓는지, 하지만 막상 그들을 잡았을 때는 말 못하는 동물들에게 어떻게 친절하게 대하는지를 가르쳤다. 특히 어미를 잡았을 때는 항상 그 새끼들, 곰이나 강아지 새끼, 고양이 새끼들을 돌보아야 한다고 일러두었다. 여우나 산토끼, 족제비, 토끼나 흰담비 같은 작은 동물들은 그 수가 워낙 많아 그것들을 잡을 때는 본인이 직접 하지 않고 사냥을 즐기는 아들들에게 맡겼다.

덕분에 그 참나무 아래 위치한 집에는 항상 고기와 털이 넘쳐났다. 4형제는 숲에서 데려온 작은 동물들을 여동생에게 선물로 주었다. 그러니 곰이나 늑대 새끼, 새끼 고양이, 새끼 들소 등 공주가 데리고 놀 수 있는 애완동물 역시 그 수가 엄청 많았다.

매일 동물들이 젖을 먹는 동안 그녀는 네 발 달린 동물 새끼들과 뛰놀았다. 몸집이 점점 커지면서 그녀는 마치 가족의 한 구성원인 것처럼 더 재미있고 활기차게 뛰어 놀며 시간을 보냈다.

오라버니들은 점점 자라나는 동물들을 주시하며 혹시나 그들이 여동생을 깨물거나 할퀴지는 않는지 지켜보았다. 야생 동물의 본능을 잘 알고 있었기 때문이다. 하지만 그녀에게는 큰 동물이든 작은 동물이든 그들 모두를 압도하는 놀라운 능력이 있었다. 그들을 두려워하기는커녕 눈싸움까지 하며 그들을 달아나게 만드는 재주도 있었다.

그렇게 소녀가 동물들을 돌보는 것처럼 그녀의 부모님도 그녀를 애지중지 아꼈다. 어머니는 늑대와 곰의 가죽이 부드러워질 때까지 다듬고 털을 다듬어 마루에 깔 깔개를 만들고 아이들을 위한 겨울 코트를 만들었다.

들소 가죽은 거친 용도로 사용하기에 충분했지만 새끼 사슴, 족제비, 토끼, 흰 담비의 가죽으로 만든 옷들은 아기의 보드라운 살결에도 부담 가지 않을 만큼 부드러웠다. 숲에서 사는 사람들은 그 동물들의 펠트로 만든 옷으로 아기를 돌돌 감쌌다. 아기에게 젖을 먹이고는 따뜻한 가죽으로 몸을 덮고 나뭇가지에 매달았다. 털 가방으로 만든 요람 역시 같은 재질로 만들어져 바람에 흔들거렸다.

번들킨은 보통 아침 식사를 한 직후에 곧바로 잠에 들었다. 칭얼거리며 일어나보면 다람쥐들이 옆에서 놀고 있었다. 거미를 보고도 두려워하지 않았고 오히려 거미가 줄을 치는 모습을 보며 집을 만드는 법을 배웠다. 번들킨이 자라나면서 그 실 짓는 신기한 동물을 '실 짓는 동물'이라 불렀다. 후에 지난 일을 회상하며 농담 삼아 그를 자신의 연인이라 부르기도 했다.

어머니가 바늘로 솜씨 좋게 사슴의 창자로 만든 실을 짓는 모습을 지켜보는 것은 꽤 흥미로운 일이었다. 숲 속에서 자란 어린 시절부터 번들킨의 어머니는 그런 종류의 옷 만들기에 아주 능숙했다. 이제 딸이 유아기를 거쳐 10대를 지나 아름다운 얼굴에 건강한 팔다리를 가진 사랑스러운 처녀로 성장하자, 그녀의 다정하고 배려심이 깊은 부모에게 새로운 숙제가 생겼다.

새끼 사슴, 담비, 족제비 가죽으로 만든 부드러운 가죽 코트에 하얀 어민 장식을 덧대었다. 모자와 벙어리장갑, 몸을 덮는 망토, 발 덮개가 아주 멋있게 만들어졌다. 여기 저기 가장자리 장식들 역시 더해지니 번들킨은 마치 왕의 딸처럼 보였다. 여름이 되면 새의 가죽과 깃털로 가벼운 옷을 만들었고, 다양하고 다채로운 색깔들의 숲 꽃들로 그녀의 머리를 장식하기도 했다.

겨울이면 그녀의 발그레한 볼과 반짝이는 눈을 제외하고는 하얀 숲의 옷을 입은 소녀는 마치 눈에서 태어난 공주이거나 북쪽 나라 얼음 신 울름의 딸의 모습과도 같았다. 그녀의 모습이 워낙 사랑스러워 부모님은 그녀의 이름을 '드리-파' 라고 새롭게 지어 주었다. 백설공주라는 의미의 이름이었다.

헬데를란트의 다른 어떤 소녀도, 심지어 공주들조차도 백설공주의 얼굴, 몸매, 옷차림 그 어느 하나 비교할 수 없었다. 여기저기서 많은 구혼자들이 와서 그녀를 향한 사랑을 고백하며 청혼했지만 그녀는 행복하지 않았다.

어떤 남자들은 자신의 사냥 솜씨를 증명하기 위해 숲에서 가장 값진 동물의 털을 가져왔고, 또 다른 이들은 자신의 발이 얼마나 빠른지를 보였다. 또 어떤 이들은 카바우테르나 요정과 합의하여 빛나는 광석이나 귀한 보석들을 가져오게 시켜 백설 공주에게 선물로 주었다. 또 어떤 이들은 아주 먼 북쪽이나 바닷가 멀리까지 가서 귀한 보석인 호박을 가져와 그녀를 기쁘게 만들고자 하였다. 자신의 여행 경력에 자부심을 가지고 있던 한 남자는 공주에게 자신이 위대한 도시들에서 본 것들을 말해주며 진주 목걸이를 건네주었다. 하지만 그 어느 누구도 공주를 만족시키지는 못했다.

백설 공주는 그들에게 실망하고 싫증을 내며 집으로 돌려보냈기에 그녀에게 구혼한 모든 이들은 슬픈 얼굴로 발길을 돌릴 수밖에 없었다. 그 와중에 특이하게 생긴 한 남자가 역시 그녀에게 구애를 하러 왔다. '실 짓는 남자'라는 이름의 남자였는데 그의 모습은 마치 거미를 닮은 듯했다. 그는 털, 금, 보석, 목걸이보다도 훨씬 가치 있는 비밀을 알려주겠다고 하였다. 하지만 백설 공주의 엄마는 그의 특이하고 못생긴 얼굴을 보고는 독한 말들로 그를 쫓아 버렸다. 그렇게 몇 달이 지나고 몇 년이 지났다. 공주의 아버지는 죽기 전에 딸이 결혼을 할 수 있을까 슬슬 걱정이 되기 시작했다.

그러던 어느 날, 백성 공주 말고는 집안에 아무도 없을 때였다. 참나무의 나뭇잎들이 갑자기 시끄럽게 부스럭대기 시작했다. 바람도 불지 않았는데 무슨 일인가 싶어 깜짝 놀란 백설 공주는 귀를 쫑긋 세우고 무슨 일인지 살펴보았다. 곧 어떤 말소리가 들려왔다.

"네가 실 짓는 남자라고 불렀던 그 거미가 너에게 청혼하러 올 것이다. 그의 말에 귀를 기울여 들어라. 그는 이 숲에서 가장 현명한 남자이다. 그는 미래에 일어날 일을 알고 있다. 그가 너에게 비밀을 하나 알려줄 것이다. 나는 곧 세상을 떠나지만 그가 너에게 알려준 비밀은 영원히 살아있을 것이다."

그러더니 참나무 이파리들은 언제 그랬냐는 듯 조용해졌고 온 세상이 고요해졌다. 이게 대체 무슨 말인가 생각하고 있던 순간, 진짜 거미 한 마리가 눈앞에 나타났다. 어릴 때 실 짓는 남자라 이름 지었던 바로 그 거미가 말이다. 그는 기다란 실을 늘어뜨려 나뭇가지 아래로 내려왔다. 그러더니 공주가 앉아 있던 통나무 옆에 자리를 잡고 앉았다. 하지만 공주는 조금도 놀란 기색이 없었다. 소리를 지르거나 도망가지도 않았다. 오히려 친한 친구에게 말을 걸 듯 거미에게 말했다.

"자, 내 어린 날의 친구야. 내게 해줄 말이 무엇이니?"

"그대에 대한 내 사랑을 고백하러 왔소. 그렇다고 당장 나와 결혼을 해달라는 말은 아니오. 하지만 그대의 방에 거미줄을 만들게 허락해준다면 나는 거기 살면서 당신에게 차츰 빚을 갚도록 할 것이오. 항상 그대의 눈에 보이는 곳에 있게 해준다면, 그대가 후회할 일은 없을 것이오."

공주가 그러겠다고 말하자마자 엄청난 천둥이 치더니 참나무 뿌리가 뽑히고 숲 속의 모든 나무들이 쓰러졌다. 그러더니 곧 아름다운 집 한 채가 땅 위로 생겨났다. 마치 궁전과 같은 고귀한 모습이었다. 바로 옆에는 정원이 있었는데 어느 날 공주가 그 안에 들어가 보니 발 아래에 파란 꽃 한 송이가 피어 있었다.

"그대의 마음에 드는 방을 하나 고르시오."

실 짓는 남자가 말했다.

"그리고 내가 있을 곳을 알려주시오. 그리고 그대가 만약 100일 동안 나를 친절하게 대해준다면 저 파란 꽃의 비밀을 알려주겠소."

드리파는 햇볕이 제일 잘 드는 방을 골라 그 방의 한쪽 구석을 거미에게 주었다. 그곳은 창문과 천장과 가까운 구석 부분이었다. 거미는 금세 자신의 반짝거리는 거미줄로 집을 짓기 시작했다. 그 모습을 본 공주는 어떤 인간도 감히 따라잡을 수 없는 정교한 솜씨에 깜짝 놀랐다.

왜 자신은 그 거미처럼 머리로, 심지어 손가락으로도 그런 실 짓는 솜씨를 따라할 수 없을까 생각했다. 하지만 그보다도 참나무가 얘기해줬던 실 짓는 남자가 말해줄 것이라는 그 비밀이 무엇인지 굉장히 궁금했다. 다른 모든 소녀들처럼 그녀는 얼른 비밀을 알고 싶어 했다. 조급한 마음을 달래기 위해 드리파는 거미가 집을 짓는 동안 그 모습을 뚫어지게 쳐다보았다.

그는 쉬지도 않고 반짝거리는 거미줄을 짓느라 정신이 없었다. 그렇게 하루 종일 거미만 뚫어지게 쳐다보느라 그녀는 밤이 되어서야 자신의 방이 어떤 상태인지 알아차렸다. 누울 침대 하나 없는 집이었다. 실 짓는 남자는 그녀의 눈을 보며 낮은 목소리로 말했다. 마치 진짜 남자의 목소리와 같았다.

"아, 그렇군. 그대의 침대와 그 방에 어울릴만한 예쁜 물건들도 필요하겠군요."

곧 바닥에는 부드러운 털이 깔렸고 드리파가 숲에서 가지고 있던 모든 것들이 그대로 집 안에 생겼다. 깜짝 놀란 것도 잠시, 그녀는 곧 곯아 떨어졌다. 꿈속에서 그녀는 어떤 드레스를 입고 있었다. 처음 보는 이상하고 새로운 하얀 천으로 만든 옷이었다.

그 도시의 누구도 본 적이 없는 새로운 종류의 옷이었다. 그것은 동물의 가죽처럼 빈틈없는 질감이 아니었고 수천 개의 미세한 구멍이 뚫려 있지만 짜임새가 아주 촘촘한 그런 종류의 질감이었다. 그 옷은 아주 가볍고 화려했다. 마치 해가 뜨기 전 여름 풀밭에 떨어진 이슬이 맺힌 거미줄 같은 모습이었다.

그렇게 백일이라는 시간은 순식간에 지나갔고. 백설 공주와 실 짓는 남자는 금세 친구가 되었다. 그들은 같은 세계 속 각자의 세계에 살았다. 그녀는 남자가 비밀을 말해주기를 기다렸다. 그녀는 조급해 하지 않기로 마음먹고, 실 짓는 남자가 먼저 말을 꺼내기를 기다렸다.

어느 새 가을이 되었고 그녀는 외로워졌다. 정원 안을 이리저리 산책하고 있는데 꽤 쌀쌀한 바람이 불어왔고 나뭇잎들이 떨어져 마치 노란 카펫을 만드는 듯 했다. 그 중 나뭇잎 하나가 그녀의 손으로 떨어졌는데 마치 그녀에게 반가운 인사를 건네는 듯했다. 하지만 그녀가 아무리 기다려도 나뭇잎들은 어떤 메시지도 주지 않았다. 자신의 부모님이나 형제들로부터 어떤 연락도 오지 않았다. 파란 꽃은 오래 전에 시들어 죽었고 그 자리에는 딱딱하고 거친 검은 줄기만 있을 뿐이었다. 그녀는 혼자 중얼거렸다.

"이 못생긴 줄기에 무슨 비밀이라도 있는 건가? 저 남자는 언제 비밀을 말해줄까?"

그녀가 그토록 실망한 표정은 본 적이 없었다. 그 때 다시 한 번 거센 바람이 몰아치기 시작했다. 하늘에 구멍이라도 난 듯 엄청난 바람이 몰아쳤다. 두꺼운 참나무의 뿌리마저 뽑혔다.

나뭇잎들이 하늘을 덮어 깜깜해졌고 백설 공주는 아무 것도 볼 수가 없었다. 그러더니 순간 사방이 고요해졌다. 시야가 트이기 시작했다. 오! 그녀의 옆에 아주 젊고 오라버니들보다도 훨씬 잘생긴, 여태 자신에게 구애한 남자들보다도, 이제껏 본 어떤 남자들보다도 훨씬 잘생긴 남자 하나가 서있었다.

그는 하얗고 멋진 옷을 입고 있었는데 어떤 동물 가죽보다도 훨씬 고급스러워 보이는 옷이었다. 굉장히 부드러운 촉감이었지만 가죽은 아닌 듯 했고 엄청나게 많은 실을 겹겹이 짠 듯한 모양새였다. 그의 손에는 한때 파란 꽃 송이었던 검은 줄기가 들려 있었다.

"내가 실 짓는 남자요." 그가 말했다.

"벌써 내가 말한 100일이 지났군요. 나에게 걸렸던 마법이 드디어 풀렸소. 다 그대의 덕분이오. 그에 대한 선물로 이 별 볼일 없는 줄기를 가져왔소. 한때 예쁜 파란 꽃이었던 그 줄기 말이오."

공주는 실 짓는 남자가 거미에서 잘생긴 젊은이로 변신한 것에 대한 놀라움과 그가 가져온 선물에 대한 실망감으로 공주는 아무 말도 하지 못하고 있었다. 한숨조차 나오지 않았다.

"이게 다야?"

"줄기를 열어 보시오." 실 짓는 남자가 말했다.

줄기를 따라 끝까지 쪼갠 공주는 깜짝 놀랐다. 그 안에는 길고 부드러운 실들이 들어있었다. 마치 거미줄을 이루는 부드러운 실 가닥 같았다. 그녀는 실을 꺼내들었고 눈동자에는 기쁨의 빛이 가득했다.

"그 씨를 심어 수백만 송이의 파란 꽃들이 피어나게 해보시오." 남자가 말했다.

"그리고는 줄기를 모아 실을 모으고 그 실들을 짜서 이것을 만들어보시오. 검은 막대기는 부의 상징과도 같은 것이오."

그러더니 남자는 실을 한 가닥씩 분리하더니 함께 짜기 시작했다. 새하얀 천으로 만든 고급스러운 옷이 완성되었다. 그런 옷은 여태 본 적이 없었다. 바로 리넨이라는 것이었다. 백설공주는 손뼉까지 치며 기뻐하였다.

"이것은 그대의 웨딩드레스요. 만약 나와 결혼해준다면 말입니다." 남자가 말했다.

공주의 부끄러운 듯 얼굴이 붉어졌지만 그의 눈을 바라보며 청혼을 받아들였다.

"잠깐." 실 짓는 남자가 말했다.

"면사포도 만들어 주겠소."

그의 손은 다시 한 번 마법처럼 움직였다. 그는 얇게 비치는 기다란 면사포를 만들어냈다. 그리고는 공중위로 넓게 펼쳐서 공주의 머리 위에 살포시 얹어 주었다. 그것은 그녀의 등을 따라 내려와 그녀의 장밋빛 얼굴을 덮었다. 바로 레이스라는 것이었다.

그들은 무사히 결혼식을 올리고는 숲을 떠나 파란 아마 꽃들이 활짝 피어 지상의 새 하늘을 옮겨다 놓은 것 같은 여행을 떠났다. 곧 지도에는 새로운 도시 지명들이 생겨났다. 유럽 사람들이 행복하거나 그들의 노동에 기뻐하지 않을 때는 코르드라이, 토르네이, 이프레스, 그헨트, 브루기라는 지명들이 파란 아마실이 그 나라에 어떤 존재였는지를 말해주고 있다. 그것은 금, 보석이나 숲과 광산의 부 보다도 훨씬 귀한 것이었으며 지금의 벨기에 땅을 만든, 거미가 백설 공주에게 바친 선물이었다.

# 얼음 왕의 자손들

아주 먼 옛날 북유럽 나라들이 하나로 합쳐져 있을 때의 이야기이다. 깊은 바다들이 아직 나라들을 분리하지 않았었기 때문이다. 그 당시 우리 조상들은 요정들이 신이라고 믿고 있었다. 그들은 사원을 짓고 그들에게 기도를 올렸다. 현재 프리슬란트의 울름 지역이 그 당시 얼음 영혼 울레르 의 고향이었다. 착한 요정 울레르의 고향이 바로 울름이 의미하는 것이었다.

울레르는 소년, 소녀들을 지키는 수호자였다. 아이들 역시 그를 좋아하였는데 울레르가 스케이트와 썰매를 발명했기 때문이었다. 울레르는 겨울의 모든 것을 담당하였고 추위를 즐겼다. 또한 사냥하는 것도 좋아하였다.

두꺼운 털옷을 입고 언덕과 숲 속을 거니는 것을 좋아하였다. 늑대와 곰, 사슴, 그리고 들소를 찾아 다녔다. 그의 활과 화살은 엄청나게 크고 빗나가는 법이 없어 모두를 두렵게 만들었다. 궁수들의 수호자였기에 사냥꾼들은 항상 그의 은혜를 바랐다. 주목나무는 울레르에게 아주 신성한 것이었는데 왜냐하면 그 나무로 최고의 활을 만들었기 때문이다. 누구라도 함부로 그 나무를 베면 울레르의 분노를 샀다.

울레르의 아버지가 누구인지는 아무도 아는 이가 없었다. 만약 그 자신이 안다고 해도 다른 누구에게도 말할 생각은 없었다. 그는 인간에게 축복을 내릴 생각도 없었다. 하지만 수천 명의 사람들이 매년 울름을 찾아와 그의 도움을 기원하고 땅을 덮을 엄청난 양의 눈을 내려주기를 부탁하였다. 그것은 곧 다음 해 풍년을 의미하는 것이었기 때문이다.

땅 위로 눈이 두껍게 쌓이면 서리 거인들이 땅을 깨무는 것을 막을 수 있었다. 또한 겨울 내내 덮인 눈 덕에 그 땅과 흙은 다음 여름까지 부드럽게 유지될 수 있었다. 그러면 씨앗들은 더 쉽게 싹을 틔우고 농작물이 많이 자라나는 것이었다.

울레르는 겨울 눈 사이를 헤치고 사냥을 나갈 때 눈신을 신었는데, 마치 전사의 방패처럼 생긴 그 신발을 울레르는 '방패-신'이라고 불렀다. 그 당시 매우 흔했던 검과 창으로 결투를 벌이는 인간들은 그의 보호를 기원하였다. 또는 매우 용감하기를 바라던 군인들과 사냥꾼들이 위험한 모험에 참여하였다.

이제 울레르는 자신과 결혼할 부인을 얻고자 하였다. 여자 사냥꾼이었고 그와 좋아하는 것이 비슷한 스카디에게 구애하였다.

그들은 다툴 일이 전혀 없었다. 스카디는 매우 강했고, 스포츠를 좋아했으며 야생 동물들을 쫓는 것을 좋아하였다. 그녀는 사냥할 때 팔다리 움직임에 자유를 주기 위해 짧은 치마를 입었다. 그리고는 엄청난 속도로 언덕과 계곡을 넘나들었다.

그녀의 움직임이 워낙 빨라 많은 사람들이 그녀를 차가운 산 개울에 비유하였다. 높은 봉우리에서 바위를 타고 내려와 저지대까지 거품을 내며 흐르는 그 개울 말이다. 사람들은 그 여인과 강물에 같은 이름을 지어주었다. 그만큼 닮은 구석이 많았기 때문이다.

뿐만 아니라 스카디는 얼굴도 아주 사랑스러웠다. 많은 신들과 요정들, 인간들이 그녀와 사랑에 빠지는 것이 놀라운 일이 아니었다. 울레르와 결혼하기 전 이미 결혼을 몇 번 했다고 전해지기도 하였다. 만약 당신이 그녀의 사진을 본다면 서리가 나무에 흰 옷을 입히고 소녀들의 뺨을 장밋빛으로 물들일 때, 그녀가 하얀 겨울 만큼이나 눈부시게 아름답다는 것을 알 수 있었을 것이다.

그녀는 반짝이는 강철로 만든 갑옷, 은색 투구, 짧고 흰 스커트와 하얀 털 레깅스를 신었다. 그녀의 눈신 역시 흰색이었다. 반짝거리는 창뿐 아니라 그녀는 날카로운 활과 화살도 가지고 있었다. 그것들은 그녀의 어깨에 매달려 은색으로 흔들거렸다. 그녀의 모습은 정말 살아 움직이는 겨울 그 자체였다. 그녀는 산에 살면서 천둥과 폭포, 눈사태, 그리고 소나무 숲에서 바람이 신음하는 소리를 듣는 것을 좋아하였다. 늑대가 울부짖는 소리조차 그녀에게는 음악이나 마찬가지였다. 그녀에게 두려운 것은 아무것도 없었다.

그러한 엄마 아빠 사이에서 태어나는 자식은 부모를 많이 닮으면서도 훌륭한 아이들 일것이라고 기대가 될 것이다. 울레르와 스카디에게는 딸들만 있었는데 그들의 이름은 각각 빙하, 추위, 눈, 표류, 눈보라, 눈먼지를 뜻하는 이름이 차례로 지어졌다. 그 중 가장 크고 단단한 빙하는 첫째 딸의 이름이었다. 방금 말한 이름의 순서대로 부드러운 정도였고 태양과 바람에 더 쉽게 영향을 받는 정도로 이름을 지은 것이었다.

여섯 자매들은 똑 닮았고 그 모습을 본 사람들은 그들을 여섯 명의 눈 자매라고 불렀다. 하지만 어여쁜 미모와는 달리 그들의 힘은 거인만큼이나 위대하고 강력했다. 남자들이 그들을 길들이는 것은 불가능한 일이었다. 그들을 기쁘게 하기 위해서 많은 것들을 해야만 했다.

태양의 신인 보단을 제외하고는 누구도 그들의 행동을 저지하거나 쫓아낼 수 없었다. 하지만 겨울엔 그조차도 세상을 다스리는 것을 포기하고 떠나버렸다. 그러면 그 기간 동안, 즉 7달 동안에는 울레르가 보단의 왕좌를 차지하고 세상의 모든 일들을 지배하였다. 여름이 오면, 울레르는 그의 아내와 함께 북극으로 가거나 알프스 정상에 있는 집에서 시간을 보냈다. 그곳에서 눈신을 신고는 사냥을 하거나 산책을 했다. 가족 전체가 즐거운 시간을 보내는 그 추운 곳에서 그들의 딸들 역시 함께 하였고 행복한 시간을 보냈다.

그의 딸들이 어릴 때에는 불행한 일들이 전혀 없었다. 매일 노는 것도 즐거운 일이었기 때문이다. 하지만 세월이 흘러 그들이 자라고 가끔씩 그들을 찾아오는 젊은 거인들에 대한 관념이 그녀들의 머릿속을 채우기 시작할 무렵, 그 가정에 불화가 생기기 시작했다.

부르라는 이름의 젊은 거인 요정이 하나 있었는데 그는 울레르의 큰딸부터 막내딸까지 여섯 딸들을 종종 보러 왔다. 하지만 그가 여섯 딸들 중 누구를 좋아했는지, 혹은 그 딸들 중 누가 부르를 좋아했는지는 아무도 알지 못한다. 그의 성격과 품성은 알려진 바가 없었다. 매번 변장을 하여 이곳저곳을 다니기 때문이었다. 하지만 그가 이미 저지른 장난들이 엄청 많고 그런 장난들을 더 저지를 것이라고 사람들은 믿었다.

그는 파괴를 좋아하는 요정이었기 때문이다. 하지만 그는 종종 카바우테르 난쟁이들이 훌륭한 일을 하도록 도와주기도 하였다. 자신도 쓸모가 있다는 것을 보여주기 위해서였다. 사실 그는 불의 요정이었다.

그는 계속해서 여섯 자매들에게 구애를 했으며 5월이 온 이후로는 그 뜨거운 열기가 그들을 모두 물로 변하게 만들 만큼 오래 머물렀다. 눈이었던 여섯 자매들이 물로 녹아버리면서 하나가 되었다. 그러니 울레르 왕은 화가 날 수밖에 없었다. 청혼을 하는 것도 아니고 딸들의 형체를 사라지게 만들었으니 말이다. 그리하여 울레르는 부르에게 여섯 딸들과 한꺼번에 결혼하도록 명령하였다. 한 몸으로 합쳐진 딸들의 이름은 '리겐'이라 지었다.

그 후 부르와 리겐 사이에서 자식이 태어났다. 엄마와 아빠의 모습을 생각하면 그 사이에서 태어난 아이의 형상이 어떤지, 성격이 어떨지 충분히 예상할 수 있을 것이다. 네덜란드어로 '스툼'이라 이름을 지었다. 그는 빠르게 자라나 그의 부모만큼 엄청난 힘을 자랑하였다. 하지만 그가 하고 싶어 하는 대로 놔둘 때보다 그를 막으려고 하면 할수록 상황은 심각했다.

스툼은 온갖 장난을 하기를 좋아했다. 부엌에서는 철 주전자 뚜껑이 엄청나게 시끄러운 소리를 내며 펄떡거리게 만들었다. 쇠로 만든 그릇이든 흙으로 만든 그릇이든 갇힌 공간 안에서 불 위에 놓이면 냄비나 주전자를 산산 조각 내어서 밖으로 빠져나가려고 했다.

스스로를 훌륭한 가수라고 생각했고 자신의 엄마가 주둥이를 열어 탈출할 구멍을 내어 주면 그제야 조금 들을 만한 소리를 내곤 했다. 하지만 그는 절대 부모 말을 듣는 법이 없었다. 그들이 스툼을 갇힌 공간 안에 놔두려고 할 때마다 그는 끔찍한 소리를 내며 빠져나가려 했다. 사실 그렇게 되면 폭발 외에는 그를 잡아둘 방법이 달리 없었다.

가끔 스툼은 땅의 가장 깊은 곳까지 내려가 지구 깊은 속 활활 타는 불과 물이 만나게 하기도 했다. 바로 엄청난 지진이 일어나는 이유가 그 때문이었다. 스툼은 계속해서 밖으로 나가고 싶어 하고 지각은 그를 내보내지 않고 붙잡고 있으려 하기 때문이다. 때때로 스툼은 화산 입구로 미끄러져 내려갔다. 그러면 산은 질식하지 않기 위해 스툼을 밖으로 내뱉어야 했고, 사람들은 그것을 용암이라고 불렀다. 또는, 스툼은 분화구 아래에서 손님으로 있다가 가끔씩 조용히 조금씩 씩씩 소리를 내며 새어 나오는 경우도 있었다.

주위에 있던 서리가 집 안의 파이프를 모조리 얼려버리거나 냄비, 프라이팬, 주전자, 병에 있는 물을 전부 얼음으로 변하게 만들었을 때도 스툼의 행실은 여전했다. 얼어버린 주전자나 뚜껑이 닫힌 어떤 용기들이라도 불 위에 올려놓거나 불 근처에만 두어도 바닥 부분의 얼음은 녹는 속도가 워낙 빨라, 스툼은 모든 것을 폭발시킬 만한 힘이 있었다.

이런 식으로 스툼은 종종 인간들의 목숨을 위험하게 만들기도 했고 그들의 재산을 망가뜨리기도 했다. 하지만 이 장난꾸러기 요정을 어떻게 다루어야 하는지는 그 누구도 알지 못했다. 이 땅 위의 누구도 그를 어떻게 할 수 없었다. 그들은 할 수 없이 그를 놔둘 수밖에 없었다. 하지만 그렇게 장난을 좋아하고 즐기는 스툼도 인간들에게 목소리를 내었다.

자신을 적절하게 사용해달라고, 자신을 바퀴에 묶어 달라고 말이다. 그 역시 자신이 유용하게 쓰이기를 바랐기 때문이다. 그는 당겨지거나 밀리거나 들리거나 내리거나 갈리거나 펌프질 하거나, 필요만 있다면 쓰일 준비가 되어 있었다.

그가 할 일을 마친 뒤에, 인간들이 그를 적절하게 다루거나 공중으로 나가게 해주지 않는다면 스툼은 폭발하여 모든 것을 망가뜨릴 수 있었다. 노래하거나 쉬익, 끼익 소리를 내거나 휘파람 등 온갖 소리를 낼 수 있었지만, 그를 잡고 있는 밴드가 튼튼하지 않거나, 불이 너무 지나치게 뜨겁거나, 혹은 그의 엄마가 충분한 물을 주지 않거나, 쇠파이프가 열에 심하게 빨갛게 달궈지면 스툼은 이성을 잃고 폭발할 것이었다. 그는 불량하거나 방치된 보일러, 게으르거나 부주의한 소방관과 기술자들은 존중하지 않았다. 하지만 자신이 원한 대로 적절히 사용되고 잘 다루어지며, 엄마에게 먹을 것을 잘 받고, 아빠에게 설득을 잘 당하면, 스툼은 어떤 거인이나 요정보다도 훌륭한 존재였다.

그는 배, 기관차, 잠수함, 또는 비행기를 프로의 멧돼지나 말, 배 만큼이나 빠르게 움직이게 할 수 있는 존재였다. 오늘날의 모든 이들은 스툼이 전 세계적으로 아주 훌륭한 하인이자 친구라는 사실에 만족해하고 있다.

## 여행을 떠난 오니

대양을 건너 일본이라는 나라에는 "오니"라고 불리는 흥미로운 생명체가 있었다. 모든 일본 아이들이 그에 대해 들은 적은 있었지만 실제로 봤다는 이들은 없었다. 박물관에서 볼 수 있는 것이라곤 털이 무성하게 자란 다리 한쪽뿐이다.

폭풍이 불던 날 하늘에서 떨어지면서 잃어버린 다리였다. 우물 연석 옆에 나무 부분에 떨어지면서 다리가 찢어졌다. 한 일본인 청년이 말하기를 그의 할아버지가 구름 속에서 고꾸라진 오니의 모습을 봤다고 하는데, 아무래도 화자는 그 이야기를 굳게 믿는 것 같았다.

많은 사람들은 오니들이 구름 속에 살면서 천둥이 엄청나게 치는 날에는 가끔씩 아래로 떨어진다고 믿고 있었다. 그렇게 떨어진 오니들은 우물 안으로 도망을 가서 숨는다고 했다. 그렇지 않으면, 부엌으로 달아나 접시들 사이를 돌아다니며 달그락 소리를 내거나 엄청난 소동을 피운다고 했다.

그들은 마치 개를 쫓는 고양이들처럼 정신 사납게 행동했다. 게다가 장난치는 것을 엄청 좋아했는데 다행히도 해를 끼칠 정도는 아니라고 했다. 그러니 어른들 중에는 오니가 단지 철없는 아이들과 같은 존재라고 말하는 이들이 몇몇 있었다. 아침에는 천사 같지만 오후만 되면 장난을 치는 도깨비 같은 존재 말이다. 하지만 그 외에는 오니에 대해 알려진 것들이 별로 없었다.

사람들은 어떤 일이 잘못 되면 오니의 짓이라며 탓을 했다. 마치 하인들처럼 어리석거나 멍청한 사람들은 자신의 실수도 오니가 그랬다며 뒤집어씌우기도 했다. 특히 밤중에 술에 잔뜩 취해 진흙 구덩이에 빠진 자들은 오니가 밀어서 그렇게 되었다고 했다.

케이크를 훔치는 나쁜 남자 아이들이나, 설탕을 훔치는 여자 아이들은 보통 오니가 시켜서 그런 것이라며 부모님에게 거짓말을 하기도 했다. 앞에서 말했다시피 오니는 사람들에게 장난치는 것을 좋아했다. 물론 위험한 장난은 아니었다. 일본에는 그들의 모습을 보여주는 그림들이 많다. 물론 그들이 스스로 초상화를 위해 포즈를 취한 적은 전혀 없다. 어쨌든 생김새를 설명하자면 이렇다.

어떤 오니들은 이마에 눈이 하나, 어떤 이들은 둘, 그리고 가끔 가다가 덩치가 큰 오니는 눈을 세 개나 갖고 있기도 하다. 머리에는 뿔이 나기도 하는데 기껏해야 새끼 사슴들이 가진 뿔 정도의 크기이며 그 이상 자라지는 않는다.

머리카락은 마치 헝클어진 머리를 빗질할 때마다 비명 소리를 지르는 어린 여자 아이들의 머리처럼 잔뜩 헝클어진 모양새였다. 오니들은 빗을 사용하지도 않았고 거울을 볼 일도 없었기 때문이다. 세수도 전혀 하지 않아서 늘 거뭇한 얼굴이었다. 코끼리처럼 거친 피부에 발가락은 3개뿐이었다. 코나 콧구멍을 가지고 있는지는 확실하지 않은데 오니를 연구하는 학자들 사이에서도 의견이 갈리는 듯 했다.

그들의 키는 기껏해야 90cm 정도였다. 하지만 힘은 워낙 세서 쌀 두 가마니를 한 번에 들 수 있을 정도라 하였다. 일본에서, 그들은 사람들이 우상에게 바친 식량을 훔치곤 했다. 그들은 공기 없이도 살 수 있었다. 게다가 가장 좋아하는 것은 쌀을 증류하여 만든 사케와 간장이라 불리는 검은 액체였는데 우리 인간들이 보통 회를 찍어 먹는 소스인 그 간장 말이다.

일본인들 말고 네덜란드인들도 그 양념을 무척이나 좋아했다. 하지만 무엇보다도 어린 오니들이 가장 재미있어 한 것은 그릇 가게에 들어가는 것이었다. 일단 들어가면 컵과 접시 사이를 뛰어다니며, 병 안에 숨기도 하고, 선반 위를 널찍이 걷거나 계산대 위로 공중제비를 돌기도 하였다. 사실, 오니는 단지 장난기 많은 도깨비일 뿐이었다. 새해 전날이 되면 일본 여자 아이들은 손에 마른 콩을 쥐고는 방마다 뿌리면서 이렇게 외쳤다.

"새해에는 행운만 들어오고 오니는 썩 물러나게 해다오!"

하지만 그들은 항상 즐겁게 웃을 뿐이었다. 오니들은 비록 말은 하지 못해도 원숭이처럼 끽끽거릴 수는 있었다. 어쩔 때 보면 자기들끼리 속닥속닥 말을 주고받는 것처럼 보이기도 했다.

그러던 어느 날, 일본의 유력자가 네덜란드 왕자에게 좋은 선물을 하나 하고자 하였다. 그는 나라 곳곳으로 사람을 보내 남쪽의 고구마 농장부터 북쪽의 물개와 연어까지, 그리고 모든 종류의 다양한 물건들을 찾아 다녔다.

인디고와 사탕수수가 자라는 따뜻한 지역에서 구한 물건들부터, 곰과 바다코끼리가 사는 추운 지방에서 구한 물건들까지 모든 것들이 백작과 풍차의 나라인 네덜란드로 보낼 준비를 마쳤다. 일본인들이 듣기로는 네덜란드 사람들이 치즈를 좋아하고 나막신을 신으며 젓가락 대신 포크로 음식을 먹으며, 여인들은 속치마를 20개나 입고 남자들은 금 단추가 2개 달린 스포츠 재킷을 입으며, 또한 그곳 사람들의 생활 방식이 대체로 일본의 방식과 비슷하다는 사실을 들었다.

이제 이도의 궁전 안에 쌓여 있는 모든 선물들이 포장되고 있었다. 밤이 되었고 뿔이 반 정도밖에 자라지 않은 어린 오니가 펌프 근처의 커다란 대나무 수도관을 통해 부엌 안으로 살금살금

기어 들어왔다. 금세 그는 창고 위로 뛰어 올랐다.

컵과 화분, 래커 상자, 진주 장식의 기둥 홀더, 탁자, 차가 담긴 병, 비단 더미들이 깔려 있었다. 곧 상자 안에 담길 준비를 마친 상태였다. 금, 은, 동, 그리고 나무, 쌀겨 등 아름다운 것들을 감쌀 노란 포장지, 그리고 도자기를 포장할 쌀겨가 손만 뻗으면 닿을 곳에 있었다. 그것들 사이를 뒹굴고 구르고, 오니에게는 얼마나 즐거운 시간이었는지 모른다! 그는 마치 원숭이처럼 이 화분에서 저 화분 사이를 마구 뛰어다녔다.

또한 여인들이 입는 화려한 비단 기모노를 입고 황금 자수로 몸을 감쌌다. 그리고는 "카-구-라" 혹은 "한국의 사자" 처럼 춤을 추며 마치 여자 오니에게 사랑을 구하는 흉내를 냈다. 얼마나 재미있게 놀았는지 모른다! 만약 고양이라도 그 모습을 봤다면 함박웃음을 터뜨렸을 것이다. 동이 트기 시작해서야 그의 장난이 끝났다. 네덜란드 교회 차임벨이 7시를 알리고 있었다.

갑자기 자물쇠를 여는 소리가 들렸고 금세 문이 열렸다. 어디에 숨어야 하지? 지체할 시간이 없었다. 오니는 선반에 놓여 있던 간장 통 몇 개를 들고는 여인들의 서랍장 가장 아래 칸으로 뛰어 들어가서는 바로 서랍을 닫았다.

"나무 아미다!(이게 무슨 일인가!)"

문을 연 남자가 소리쳤다.

"여기 누가 왔다간 것이냐? 마치 들쥐들이 한바탕 소풍이라도 벌인 모양이구나."

하지만 그들은 곧 어질러진 것들을 정리하기 시작했다. 그리고는 귀한 물건들을 포장하기 시작했다. 상자 뚜껑에 망치질을 했고 밤이 되기 전 모든 일본 특산품들이 정리되었다.

나가사키를 떠나 로테르담으로 향할 네덜란드 배에 모든 물건들을 실었다. 한참의 항해 끝에 배는 무사히 도착하였고 상자들은 네덜란드의 수도 헤이그로 보내졌다. 그 선물들은 왕자를 위한 것이었기 때문에 곧바로 "숲 속의 집"이라 불리는 그의 화려한 궁전으로 보내졌다. 다음 날 포장이 풀린 모든 선물들이 공주와 왕자의 눈앞에 놓여졌다.

다음 날 아침 궁전의 시녀가 바닥을 닦고 먼지를 털기 위해 들어왔는데, 그 여인은 갑자기 서랍장 안에 무엇이 들어 있는지 호기심이 생겼다. 그런데 서랍장 문을 열자 무언가 엄청난 털을 가진 것이 튀어 나오는 것이었다. 너무 놀라 기절할 뻔했다.

오니는 곧바로 아래층으로 달려 내려가더니 아침 식사를 하고 있던 6명의 하인들 사이를 마구 뒹굴었다. 전부 깜짝 놀라 도망갔는데 가장 용감한 집사 하나만이 칼을 집어 들고는 그와 맞서 보였다. 이것을 본 오니는 지하 저장실로 달려가더니 빠져나갈 구멍이나 틈이 없는지 찾기 시작했다.

주변 구석에는 온통 치즈와 독일식 김치가 담긴 병, 절인 청어, 호밀빵으로 가득 찬 선반뿐이었다. 하지만 오! 그 저장실의 냄새가 과연 일본인에게는 어떻게 느껴졌을까? 생전 그런 냄새를 맡아본 적 없는 오니는 그 희한한 냄새를 맡고 거의 기절할 뻔 했다. 잡히는 한이 있더라도 그 냄새를 견디면서 숨어있는 것보다는 나을 것 같았다. 그리하여 그는 다시 부엌으로 달려갔다. 다행히 정원으로 통하는 문이 활짝 열려 있었다.

오니는 부엌 선반에서 신선한 간장 병을 하나 들고는 폴짝 뛰고 점프를 하여 드디어 밖으로 나갔다. 계단 근처에서 나막신, 혹은 클롬프를 발견한 그는 세 발가락을 그 안에 구겨 넣었다. 개들이 자신의 냄새를 맡고 쫓아올 것을 미리 막기 위해서였다. 그러더니 오니는 들판으로 달려 나가 젖소들 사이에 몸을 숨겼다. 곧 쇠스랑을 들고 다가오는 남자들의 소리가 들렸다. 오니는 곧바로 젖소의 등을 타 넘고는 뿔에 매달렸다. 불쌍한 그 소는 살기 위해 헛간으로 달리기 시작했다. 오니를 떼어 놓기 위해 전속력으로 질주하였다.

마침 낙농장 농부의 부인은 그 때 새로 산 깨끗한 레이스 모자를 넣기 위해 서랍장을 열고 있었다. 그녀가 가장 아끼는 소가 음매 우는 소리를 듣고는 서랍장을 연 채로 무슨 일이 있나 싶어 유리창이 있는 부엌으로 가보았다. 이 유리창을 통해 그녀는 언제

든 소나 송아지가 잘 놀고 있나, 어디 아픈 데는 없나 살펴볼 수 있었다.

한편, "숲 속의 집"에 살던 공주는 하녀들과 하인들이 한바탕 소란을 벌이는 소리를 들었다. 그녀는 수가 놓인 하얀 잠옷 차림으로 뛰어 나가서는 누가, 무엇 때문에, 왜 그리고 어디에서 무슨 일이 일어난 것인지를 물었다. 하지만 재미난 것은 하녀, 집사, 요리사, 주차원, 심부름꾼들의 대답이 모두 다르다는 사실이었다. 가장 처음 서랍장을 열었던 하녀 즉 오니가 도망치게 한 그 하녀는 빗자루와 먼지떨이를 들고 서있었다. 마치 맹세라도 하는 듯한 표정이었다. 그녀가 말했다.

"원숭이 아니면 개코원숭이였어요. 하지만 그는 말을 하는 듯 했어요. 얼핏 듣기로는 러시아 말 같았는데."

"아닙니다." 집사가 반박했다.

"그 동물은 검은 숫양이었습니다. 뒷다리로 달려갔고 독일어를 말하는 것 같았습니다. 확실합니다."

뚱뚱한 네덜란드 여자인 요리사가 긴 이야기를 늘어놓았다. 그녀의 말에 따르면 중국 퍼그처럼 생긴 검은색 개였으며 털이 없었다고 했다. 하지만 앞모습은 보지 못했지만, 분명 영어를 말했다고 했다. "간장"이라는 단어를 영어로 똑똑히 들었기 때문이다.

주차원은 너무 무서워서 어떤 것도 확실히 보지 못했다고 솔직히 털어놓았다. 하지만 귀로는 똑똑히 스웨덴어를 들었다며 맹세할 수 있다고 하였다. 언제 한번 스웨덴 출신의 항해사가 말하는 것을 들었는데 그 때 들은 단어들과 비슷한 것을 들은 것 같다고 했다. 마지막으로 심부름꾼이 말했다. 그는 그 알 수 없는 정체가 악마라고 굳게 믿고 있었다. 하지만 그것이 무엇이든, 아니면 누구이든 간에 그가 프랑스어를 말했다는 것에 일주일치 급여를 모두 걸 수도 있다고 자신하였다.

공주는 하인들 중 누구도 네덜란드 말 외에는 어떤 다른 외국어도 알아듣지 못한다는 사실을 깨달았다. 공주는 네덜란드 말로 그들을 크게 나무라며 "너희 모두 참 어리석다. 너희는 모두 멍청이들이다!" 라고 호통을 쳤다. 그리고 공주는 먼 동쪽 나라에서 온 귀한 선물들을 직접 고운 손으로 정리하기 시작했다.

숲속의 집은 동양의 향기로 가득 찼으며 유럽 전역에서 유명한 곳이 되었다. 공주의 손녀들이 후지산과 꽃, 비단, 차, 벚꽃, 녹나무의 땅인 일본에서 건너온 재미난 장난감들을 가지고 놀 만큼 오랜 세월이 흘렀을 때에도 그 '숲 속의 집' 은 가장 최초의 곳일 뿐만 아니라 여전히 일본의 특산품들을 소유한 가장 '유명한' 곳이었다.

한편, 낯선 곳으로 도망친 오니는 계속해서 곤란한 상황만 겪고 있었다. 남자들이 방망이를 들고 쫓아오고 있었는데, 오니는 일본에서도 이미 익숙한 광경이었기에 별로 무서울 것이 없었다. 오니는 어떤 인간들보다도 빠르게 달리고, 빠르게 점프하고, 빠르게 높은 곳을 오를 수 있었다. 아, 아까 전에 서랍장을 여는 순간 오니가 방 안으로 뛰어 들어오는 것을 본 농부의 부인은 거의 기절할 뻔 했었다.

오니가 그렇게 난리를 피우면서 세 개의 손가락으로 들고 있던 간장 병이 나무를 치면서 타르처럼 새까만 액체가 빳빳하게 풀칠된 아름다운 레이스와 옷깃, 그리고 수면용 모자 위로 모두 쏟아져 버렸다. 좀 전까지만 해도 눈처럼 새하얀 모습이었던 깃 달리고 주름 잡힌 머리 장신구와 목 장식품이 한순간에 모두 망가져 버렸다.

"이게 무슨 날벼락이야!" 부인을 울부짖었다.

"내가 가장 아끼는 모자인데, 무려 20길더나 하는 모자인데 완전히 망가졌잖아."

그녀는 작심한 듯 당차게 빗자루가 있는 곳으로 달려갔다. 그때 오니는 벽에 커다란 구멍이 있는 것을 발견하고는 그 안으로 뛰어들었다. 위를 올려다보니 파란 하늘이 보여 바로 올라가기 시작했다. 그 당시 일본에는 굴뚝이라는 것이 없었기 때문에 오니는 그것이 무엇인지 알 리가 없었다.

숯 검댕이 때문에 눈앞은 깜깜해졌고 숨도 막힐 지경이었다.

할 수 없이 올라갔던 길을 그대로 미끄러져 내려와 밖으로 빠져 나갔다. 하지만 아래에서 기다리고 있던 것은 농부의 부인이었다. 그녀는 들고 있던 빗자루로 오니의 머리를 세게 내리쳤다. 그의 머리가 거의 부서질 정도였다.

부인은 자신이 상대하는 것이 미친 염소쯤 되는 것이라 생각했다. 그녀는 쓰러진 오니를 끌고 지하실로 내려가 문에 빗장을 치고 가둬 두었다.

한 시간쯤 지난 후 농부가 장전한 총을 들고 왔다. 그 때 그는 일을 도와줄 남자와 함께 서 있었는데 그들 중 하나는 문을 열 준비를, 나머지 하나는 총을 쏠 준비를 하고 있었다. 그들이 본 것이 괴물이라고 생각하고 있었기 때문이다. 하지만 아니었다!

한 시간도 안 되는 시간 동안 오니는 이미 일본에서 본 적도 없는 해괴한 물건들, 굴뚝을 포함한 새로운 것들에 굉장한 충격을 받은 것이었다. 그것은 불쌍하고 외롭고 고향을 그리워하던 오니에게는 너무 갑작스럽게 닥친 일들이었다.

오니는 이미 바닥에 쓰러져 죽어있었다. 세 개의 손가락이 주둥이를 틀어막고 있는 채로 말이다. 앞에서도 말했듯이 지하저장실에는 치즈, 독일식 신 김치, 생강, 브랜디와 달걀, 신 우유와 갓 짠 신선한 우유, 나막신, 레이스 깃, 주름진 목장식이 합쳐져 알 수 없는 냄새를 풍기고 있었다. 그 희한한 냄새를 견디지 못하고 오니는 죽고 말았던 것이다. 냄새뿐 아니라 생김새도 여태 한 번도 본 적 없는 낯선 것들이었기 때문에 그에게는 두려움의 대상이었고 전에 겪어보지 못한 독한 냄새에 괴로워하다가 그만 세상을 떠나고 말았다.

이후, 마을에서 똑똑하다는 사람들이 모두 모여 오니가 죽은 원인을 분석하였다. 목격자들을 부르고, 대질 심문을 하면서 그 낯선 생명체를 자세히 연구하였다. 그들의 결론은 바로 이것이었다. 단지 "헤르센 스킴(Hersen Schim)" 이라는 뇌의 유령이라는 것이었다. 그런 동물은 지구상 어디에도 존재하지 않는다는 것이 그 이유였다. 하지만 델프트 출신의 한 남자가 오니의 시체를 자신에게 달라고 부탁하였다.

그는 무릎 아래까지 내려오는 헐렁한 반바지를 팔거나 혹은 그런 반바지를 만들거나 또는 점토 사업을 하는 사람이었다. 그는 교회 지붕 위에 세울 새로운 괴물 석상 또는 홈통의 모형을 만들기 위해 그 시체가 필요하다고 하였다. 그것은 바위에 새겨지고 진흙으로 구워지면 빨간색으로 변하는 테라코타라고 불렸는데, 그 새로운 스타일의 괴물은 굉장히 유명해졌다.

반바지 사업가는 성도들의 기도로 쫓겨난 새로운 악마의 이름을 따서 그 이름을 지었고, 이를 석공들과 건축가들에게 팔아 순식간에 큰돈을 벌었다. 그래서 네덜란드 땅에 죽어 묻힌 실제 오니 한 마리는, 동화보다 더 재미있는 일이 끊임없이 일어나는 네덜란드 땅에서 구운 진흙이나 돌로 만든 수천 개의 가상의 오니가 되었다.

그리하여 불쌍하게 죽은 오니는 물홈통의 표본이 되었고 수천 년 동안 그가 살아있을 때보다도 더 유용하고 쓸모 있는 존재가 되었다. 물론 그의 종족들은 여전히 짓궂은 장난을 치면서 살고 있는 그 땅에서 말이다.

## 요정들의 장난

 요정들은 하늘과 땅 사이에 사는 하얗고 작은 생명체들이다. 그들은 구름 안에 사는 것도 아니고, 카바우테르처럼 동굴이나 광산 아래에 사는 것도 아니다. 그들은 빛의 세계에 살면서 밝고 아름다운 얼굴을 가지고 있다.

 내리쬐는 햇빛은 너무 세서 낮 동안에는 그들을 보기가 쉽지 않다. 해가 지고 저녁쯤이 되어야 그들의 모습을 발견할 수 있다. 그들은 반짝이는 달빛을 아주 좋아한다. 예전에는 재미와 기쁨으로 가득 찬 아름다운 생명체들이 손에 손을 잡고 원을 그리며 춤을 추는 것을 보았다고 생각하는 사람들이 많았다.

 오랜 옛날에는 요정들의 모습을 보기를 즐겼다고 말하는 사람들이 지금보다 더 많았다. 네덜란드의 몇몇 지방 이름을 보면 이런 요정들이 주로 어느 곳에 살았는지를 보여준다. 거즈 천처럼 아주 얇고 작은 이 생명체들은 아주 생기가 넘치고 장난기가 많았다. 그들은 정직하고 부지런히 일하는 사람들을 자주 도와주기도 했지만 무엇보다 그들은 재미있는 일을 좋아했다.

퉁명스러운 사람들을 골려 주거나 예쁘고 쾌활한 사람들은 즐겁게 만드는 것을 좋아했다. 그 작은 요정들은 푸른 초원에서 꽃과 나비들과 함께 즐거운 시간을 보냈다. 달이 밝게 뜬 밤에는 달빛 사이를 뛰놀기도 했다. 그런 요정들이 특히 바쁜 시간이 있었는데 그럴 때 인간들은 으레 그들을 머릿속에 떠올리곤 했다.

그들의 장난은 보통 마구간이나 소들이 뛰어 노는 들판에서 벌어졌다. 가끔 부엌이나 그릇 혹은 우유 팬 사이의 유제품들 사이에서 장난을 저질러 여인들이 뒷정리를 하는 데 꽤 고생하게 만들기도 했다. 교유기 사이를 뒹굴며 우유병을 뒤엎고, 둥근 치즈로 고리를 만들어 놀기도 했으며 마치 돼지 무리가 다녀간 것처럼 침실을 엉망으로 만들어 놓기도 했다.

농부가 자신의 말의 갈기가 엉켜 있는 것을 발견하거나, 두 마리의 소꼬리가 묶여 있는 것을 보는 순간 그는 혼잣말을 했다.

"분명 요정들이 한 짓이다."

암말의 상태가 좋지 않아 보이거나, 지저분해 보이면 그들의 주인은 요정들이 동물들을 데리고 나가 밤새 타고 놀았다는 것을 알 수 있었다. 만약 소가 아프거나 갑자기 풀밭에 쓰러지면 요정들이 그들의 몸에 화살을 쏘았다고 생각했다.

죽은 송아지나 그 어미 소들이 죽은 원인을 "요정들의 화살"이라 하였다. 워낙 요정들의 만행이 잦았던 지라 그 경우가 아닐 때, 즉 우리의 옛 조상들이 사냥에 쓰던 돌 화살촉이 발견되었을 때도 사람들은 그것을 "요정 볼트" 혹은 "요정 화살"이라고 여길 정도였다.

요정의 산 혹은 요정의 언덕이라는 마을이 있었는데 그 동네에 사는 사람들의 덩치가 몹시 작았던 탓에 붙여진 이름이었다. 어쨌든 그곳에는 "꼿꼿한"이라는 의미의 이름을 가진 스티프라는 아주 늙은 요정 하나가 살고 있었다. 나이는 많았어도 허리가 꼿꼿하여 붙여진 이름이었다. 그는 훨씬 어린 요정들보다도 더 장난을 좋아하는 요정이었다. 그는 가끔 "수탉의 볏" 혹은 "수탉의 빗"이라는 별명으로 불렸다.

아침 일찍 우는 수탉의 울음소리를 흉내 내는 것을 좋아하는 요정이었기 때문이다. 스티프가 빨간 모자를 쓰면 영락없이 수탉의 모습이었다. 가끔 그는 그 목소리를 듣고 반응하는 암탉의 모습까지 흉내 내기도 했다. 스티프는 잔치가 열리는 집에 가는 것을 가장 좋아하였다.

보통 집 안에는 20명 또는 30명의 사람들이 있었는데 남녀노소 할 것 없이 나막신을 문 밖에 벗어두고 집 안으로 들어갔다. 예의 바른 네덜란드 사람들은 실내에 들어가기 전 무거운 나막신 혹은 클롬프라고 불리는 것을 벗고 들어가기 때문이었다. 사실 그것은 언제나 흥미로운 광경이었다. 시골 교회나 잔치에서 크고 작은 나막신들이 나열되어 있는 것 말이다.

작은 신발은 어린 아이들 것, 덩치 큰 사람 것처럼 보이는 신발은 13호 정도 되는 크기까지 보이기도 했다. 요정은 다 비슷해 보이는 신발들 중에 자기 것이 어느 것인지 어떻게 구분하는지 궁금했다. 각자 신발을 정해 놓은 위치에 벗어 두었기 때문에 바로 찾을 수 있었던 것이다. 하지만 장난기 많은 늙은 스티프는 그 신발을 한데 섞어 한 무더기로 쌓아 올려 버렸다. 그러니 잔치를 마친 사람들이 집으로 돌아가기 위해 나왔을 때 자신의 신발을 찾는 데 한참 시간이 걸린 것은 말하지 않아도 알 수 있을 것이다.

그들은 서로를 나무라기도 했고 죄 없는 소년들에게 책임을 묻기도 했다. 그들 중 몇몇은 다음날 까지도 자신의 신발을 찾지 못해 한쪽은 자신의 신발을, 다른 쪽은 남의 신발을 신고 돌아가기도 했다. 간신히 신발 주인을 찾고, 다시 바꿔 신기까지는 보통 일주일이나 걸렸다. 못된 요정 스티프의 장난은 늘 이런 식이었다. 많은 사람들이 그 늙은 요정 탓에 기분을 망치는 일이 잦았다.

풀밭의 요정 외에도 요정의 땅에는 다른 종류의 요정들도 살고 있었다. 나무나 모래 언덕에 사는 이들이었는데 "스탈카르" 혹은 마구간의 요정이라 불리는 이들은 스티프와 각별한 사이의 친구들이었다. 그들은 마구간의 젖소들 사이에서 사는 요정들이었다.

나뭇잎으로는 무엇이든 할 수 있는 이끼 처녀는 잎을 돈으로 바꾸는 장난으로 스티프의 장난에 함께 하기도 했다. 그도 스티프만큼이나 장난을 너무도 좋아하는 요정이었기 때문이다. 그들은 힘을 합쳐 인간들을 괴롭혔으며, 특히 어리석은 인간들에게 술을 진탕 먹여 정신을 잃게 만드는 장난을 제일 좋아했다.

그 중에서도 스티프는 특히 구두쇠들에게 장난치는 것을 좋아했는데, 이런 식이었다. 양초 살 돈 조차 아끼는 늙은 구두쇠 이야기를 듣는 순간 카바우데르를 시켜 그를 늪으로 유인하게 만들었다. 그 늪에는 까만 요정들이 사는 곳이었는데 밤이 되면 밖으로 나와 춤을 추곤 했다. 그럼 구두쇠는 양초 대신 그것들을 잡아 불빛으로 사용하려고 애를 쓸 것이고 정신을 차려보면 어느새 늪에 빠져 있는 자신을 발견할 것이다. 등골까지 오싹한 차가운 물속에 말이다. 그러면 카바우테르들은 깔깔거리며 웃음을 터뜨렸다.

또 한 번은 다른 구두쇠를 골려 준 일이 있었다. 그 노인은 아이들이 돈을 허투루 쓴다고 생각하며 항상 꾸짖는 노인이었다. 여자 아이가 꽃이라도 사거나 남자 아이들이 와플이라도 사 먹으려 하면 그는 당장 그들에게 달려가 돈을 낭비한다며 호통을 쳤다. 스티프는 마을로 이어지는 벽돌 길을 지나던 도중 이 구두쇠를 만났다. 스티프를 그의 정원에 키우는 줄무늬 튤립 4송이와 1000 길더를 교환하자고 제안하였다. 그것이 진짜 은화라고 생각한 구두쇠는 잽싸게 돈을 받아 튼튼한 철제 상자 안에 넣어 두었다.

일주일에 세 번은 그러하듯 다음날 밤 그는 상자를 살펴보러 갔다. 돈을 세고 느끼고 문지르고 흐뭇한 미소를 짓는 것이 그의 일상이나 마찬가지였다. 하지만 상자 안에는 은화는 없고 둥근 모양의 나뭇잎만 들어있는 것이었다. 그것을 손으로 만지는 순간 부스러기가 되어 버렸다.

이끼 처녀는 그 모습을 보며 깔깔대며 웃었고 그 고약한 구두쇠는 화를 참을 수가 없었다. 하지만 그 요정들이 멍청한 인간들보다 똑똑하다고 해서 항상 장난만 치는 것은 아니었다. 절대로 아니다! 그들은 다 큰 성인이지만 어리석은 인간, 게으른 소년, 혹은 조심성 없는 소녀들보다 훨씬 뛰어난 지능을 갖고 있었다. 그들은 좋은 일도 많이 했다. 가난한 신발 수선공이 아플 때는 직접 신발을 꿰매기도 했고, 아이들의 엄마가 아플 때는 직접 옷을 만들어 주기도 했다. 그들이 주변에 있을 때는 버터가 교유기에서 순식간에 만들어졌다.

네덜란드에서 푸른 아마 꽃이 활짝 피는 봄에는 마치 파란 하늘이 펼쳐진 것처럼 보이기도 했다. 그럼 늙은 스티프는 좋은 일을 할 기회가 왔다고 생각했다. 인간들은 거친 리넨을 다듬어 옷으로 만드는 것을 꽤 오랜 시간이 걸리는 일이라 생각했다. 더 이상 옷을 만들기 위해 숲에서 늑대나 사슴을 사냥할 필요가 없었다. 점차 그들은 더 정교한 물건들을 만드는 법을 배웠다.

리넨으로 옷을 만들거나 배에 달 돛을 만들거나 하는 등 말이다. 그 천을 풀밭에 펼쳐 놓아 잘 탈색 되도록 했다. 시간이 지나면 그것은 마치 파란 하늘에 떠 있는 여름 구름처럼 새하얀 색을 뽐냈다. 전 세계에서 그 물건을 탐냈고 곧 "네덜란드"는 단지 한 나라의 이름이 아니라 눈처럼 하얀 천 자체를 뜻하는 단어가 되었다. 여왕의 의복을 만들기 적합한 천이었다. 세상은 그 천을 원하고 더 원했으며 네덜란드의 리넨 직공들은 덕분에 부유해져 갔다. 하지만 그것이 끝이 아니었다.

어느 여름 날 달빛이 밝은 밤, 아주 아름다운 처녀 요정들은 얇은 천 옷을 입고 발자국 소리조차 없이 조용히 날아서 풀밭으로 내려와 여느 때처럼 춤을 출 준비를 하였다. 하지만 그들의 눈앞에 펼쳐진 것은 초록 풀밭이 아니라 온통 하얀 풍경뿐이었다. 그들은 어안이 벙벙해졌다. 벌써 겨울이 온 것인가?

당연히 겨울은 아니었다. 공기가 아직 따뜻했기 때문이다. 누구도 추위에 떠는 요정이 없었다. 하지만 주변은 눈처럼 새하얀 것들만 보일 뿐이었다. 요정 반지, 풀, 꽃들은 흔적도 보이지 않았다. 그들은 곧 풀밭이 표백을 위한 곳으로 변했다는 것을 알게 되었다. 그 탓에 소들 역시 다른 곳에 가서 저녁을 먹어야 했다.

요정들은 그 천이 리넨이라는 것도 알게 되었다. 요정들은 원래 그런 쪽에 아주 재빨랐기 때문에 어떻게 된 상황인지 금방 파악할 수 있었다. 하지만 인간들이 그들이 춤추는 것을 방해했으니 요정들 입장에서는 그 인간들이 자신들보다 똑똑해진 것이 아닌가 하는 생각이 들기 시작했다.

요정들은 인간들을 자신들보다 열등한 존재라고 여겼었다. 그래서 그때, 그곳에서, 곧바로 지혜의 싸움이 시작되었다.

"그들은 새로운 발명품으로 우리의 댄스 플로어를 없애 버렸어. 우린 다른 곳을 찾아야만 해."

파티를 주도하는 여왕 요정이 말했다.

"이 인간들은 자기들이 만든 리넨을 너무 자랑스러워 해. 하지만 그것을 가르쳐준 거미가 없었다면 과연 그것이 가능했을까? 심지어 멧돼지조차 그들에게 많은 것을 가르쳐 줬어. 우리가 훨씬 더 많은 것들을 할 수 있다는 것을 보여주자. 늙은 스티프에게 생각 모자를 쓰게 만들겠어. 스티프라면 인간들이 아직 자랑스러워 하기는 이르다는 것을 보여줄 새로운 무언가를 만들 수 있을 거야."

"결국 우리가 그 승리의 영광을 차지할 거야."

요정들이 한 목소리로 외쳤다. 그러더니 말을 멈추고는 공중에 떠서 춤을 추기 시작했다. 그 모습은 마치 멀리서 보면 별로 만든 화관처럼 보이기도 했다. 다음 날 사랑스러운 요정들과 그 엄마들의 행렬이 스티프의 시중을 들었고 리넨 발명품을 넘어설 만한 새로운 것을 만들어달라고 부탁하였다. 거미가 가르쳐준 방법으로 만든 그 리넨 말이다.

"맞다. 만약 멧돼지가 아니었더라면 그들은 지금 곡식을 키우는 들판조차 갖지 못했을 것이다."

여왕 요정이 덧붙여 말했다. 늙은 스티프가 당장 "그래." 라고 대답하며 빨간 생각 모자를 머리에 썼다. 그러자 몇몇 여자 요정들이 킬킬거렸다. 앞에서 말했다시피 그의 모습이 마치 수탉 벼슬과도 같았기 때문이다.

"그들이 그를 수탉의 볏이라고 부를 만하네."

그들 중 한 요정이 다른 요정에게 말했다.

그쯤 되니 스티프는 그 놀림을 즐기는 지경이었다. 그는 어린 요정들에게 그들의 손과 머리로 대부분의 일을 하는 이들은 나이가 들었을 때 가장 재미를 느끼는 것이라 말해주었다.

일단 그는 프로를 만나러 갔다. 세상에서 가장 아름다운 두 가지인 황금 햇빛과 따뜻한 여름 비를 소유한 영혼인 요정이었다. 그의 칼은 칼집에서 꺼내자마자 저절로 사악한 적들을 모두 베어 어떤 전쟁에서든 이길 수 있었다. 프로의 주요 적들은 서리 거인들이었는데 그들은 인간에게 유익한 꽃들을 시들게 만들고 식물들을 말라 죽게 만들었다.

스티프가 왔을 때 프로는 마침 자리를 비운 상태였다. 대신 그의 부인이 다음 날 남편이 꼭 돌아올 것이라 약속하였고 그것을 사실이었다. 그는 모든 요정들을 만난 것을 크게 기뻐하였고 그들은 그가 그들에게 말하는 무엇이든 즐겁게 하였다.

프로는 들판의 모든 비밀들을 알고 있었는데 모든 줄기들의 낱알과 익은 옥수수 눈 내부까지 모든 것을 볼 수 있는 능력이 있었기 때문이다. 그는 황금 마차를 타고 왔는데 말 대신 야생 멧돼지가 그 수레를 끌고 있었다. 수레와 멧돼지 모두 바람보다 빠른 속도로 밀의 이삭 위를 빠르게 달려왔다. 그 멧돼지의 이름은 굴린이었는데 반짝거리는 털 색깔과 눈부신 황금 털 때문에 붙여진 이름이었다. 프로의 수레 안에는 온갖 종류의 곡식, 과일, 인간이 알고 있는 모든 채소들이 들어 있었기에 스티프에게는 선택권이 있었다.

스티프가 프로에게 원하는 것을 말하자 프로는 밀 한 다발을 고르고는 그의 귀에 대고 비밀을 하나 속삭였다. 그러더니 눈부신 황금 영광 속으로 사라져 버렸다. 밝은 햇빛을 사랑하는 요정들마저도 눈부시게 만들 만큼 환한 빛이었다. 그래도 요정들은 황금 마차가 지나갈 때마다 굉장히 즐거워했다.

스티프는 카바우테르 역시 호출하였고, 그 작고 못생긴 요정들에게 유용한 힌트를 좀 얻었다. 그들은 어두운 동굴 속에 사는 요정들이라 인간들이 흔히 말하는 연금술, 현재는 화학이라 부르는 그 기술에 대한 많은 비밀들을 알고 있었기 때문이다.

그리고 스티프는 모든 방해물로부터 스스로를 고립시켰다. 그리고 가장 밝고 햇볕이 잘 드는 언덕 꼭대기에 가서는 생각 모자를 쓰고 7일 동안 실험을 하기 시작했다. 그의 하인을 제외한 어떤 요정들도 그를 볼 수 없었다.

일주일이 다 지나갈 무렵 그의 비밀을 꼭 지키고 기껏해야 열 명쯤 되는 여자 요정들에게 새로운 기술을 알려준 그는 마침내 모든 저지대(유럽 북해 연안의 벨기에, 네덜란드, 룩셈부르크로 구성된 지역)의 요정들을 초대하여 모이게 하였다. 그곳에서 모든 비밀을 알려줄 계획이었다.

정말 재미난 쇼였다! 기다란 의자 한 쪽에는 약 6개의 빨래 통이 있었고 탁자 위에는 12개의 빨래 통이 더 놓여 있었다. 그리고 바로 근처의 긴 탁자에는 다리미판 6개가 있었고 다리미도 함께 놓여 있었다. 토탄불로 뜨겁게 만든 난로는 그 쇠를 달구는 용도였다.

빨래 통들과 탁자들 뒤에는 열두 명의 요정들이 서있었는데 모두 눈처럼 아무 티 없는 하얀 옷을 입고 하얀 모자를 쓰고는 일렬로 정렬해 있었다. 그 모습을 본 누구도 광산에 사는 카바우테르라는 생각을 전혀 못할 것이다. 그들은 영락없는 풀밭의 하얀 요정들의 모습이었다. 더 놀라운 것은 그들의 리넨 옷이 별처럼 아름다울 뿐만 아니라 반짝거리는 것이었다. 마치 땅 위에 소복이 내린 하얀 서리처럼 말이다. 하지만 때는 여전히 따뜻한 여름이었다. 어떤 것도 얼거나 녹을 일이 없었다.

불그레한 볼을 가진 요정들은 아이보리 잎처럼 건조했다. 하지만 그들의 모습은 마치 진주 같은 이슬방울이 떨어진 백합과 같았다.

모두가 한 자리에 모이자 늙은 스티프는 그들 중 몇몇을 불렀다. 그들은 먼지 쌓이고 여행 얼룩이 묻은 리넨 옷을 벗어 스티프에게 주었다. 그 옷은 곧 그것을 받기 위해 일렬로 서있던 소녀들에게 전달되었다. 곧 그들은 그것을 빨고, 짜고, 헹구고 말렸다. 마지막 통 앞에 서있던 요정들은 의도적으로 무언가 대단한 일들을 하기를 예상하고 있었다.

한편 탁자 앞에 서있던 다섯 명의 요정들은 난로에서 달궈진 쇠를 들어 올렸다. 그 다리미의 납작한 바닥에 물을 떨어뜨려 쉬익 소리가 나는지를 확인하였다. 그들의 시선은 모두 스티프를 향해 있었다. 그가 곧 모두의 앞으로 나오며 큰 목소리로 말했다.

"요정들아, 이끼 처녀와 마구간 영혼들아. 우리의 발명품을 보거라. 우리의 위대한 친구 프로와 그의 친구들인 카바우테르가 이것을 만들었다. 바로 지금! 내가 이 물건의 가치를 증명하겠다."

그리고 그는 곧 모두의 앞에서 반짝이는 물건을 만들었다. 일부는 가루로, 일부는 네모 덩어리로 만들어진 분필처럼 보이는 물건이었다. 그것을 손쉽게 손가락으로 부러뜨리더니 다섯 번째 놓인 통 안으로 던져 넣었다. 그 안에는 뜨거운 물이 들어있었다. 그 하얗고 끈적이는 액체 속에 옷을 집어넣고는 건져 올려 물기를 짜고 숨을 불어 옷을 말렸다. 그리고는 다림질 요정에게 그것을 건네주었다.

얼마 지나지 않아 그는 옷을 들어 보였다. 좀 전까지만 해도 먼지투성이에 얼룩이 많았던 옷이었는데 금세 하얗고 반짝반짝 빛나는 것이었다. 어떤 백토도 그렇게 하얗게 만들지는 못할 것이며 그렇게 반짝이는 광택을 내지는 못할 것이다. 그 새로운 물건은 바로 풀이라는 것이었다. 요정들이 기뻐하며 손뼉을 쳤다.

"이것의 이름을 무엇이라 지을까?"

가장 나이가 많은 요정 스티프가 겸손하게 물었다.

"지금부터 우리는 당신을 강한 스티프(Styf Sterk), 즉 뻣뻣한 풀(Stiff Starch)이라고 불러야겠어."

그들은 모두 웃음을 터뜨렸다. 그 소문은 곧 네덜란드 사람들의 귀에도 들어갔고 그들은 요정들의 발명품을 이용하기 시작했다. 이제 그들의 리넨 옷장들은 마치 눈이 쌓인 것처럼 하얗게 보였다.

저지대(유럽 북해 연안의 벨기에, 네덜란드, 룩셈부르크로 구성된 지역)에 사는 여인들은 전부 새로운 패션으로 모자를 만들었고 리넨으로 레이스를 만들거나 단지 리넨만 사용하기도 했다. 뿔이나 날개, 덮개, 주름, 관상 주름 달기나 회전목마의 모양 장식 등을 달기도 하였다. 곧 모든 지역에서는 "여기 다림질 합니다."라는 표지판을 심심찮게 볼 수 있었다.

곧 왕들과 왕비들, 귀족들은 거대한 옷깃을 만들기 시작했다. 가끔 그 옷깃은 지나치게 커서 그들의 목이 전혀 보이지 않았고 리넨 깃 고리 사이에 머리가 숨겨지기도 했다. 또는 1피트 정도 레이스가 튀어나온 모습을 볼 수도 있었다. 세속적인 사람들은 자신의 풀을 노랗게 염색하기도 했으며 열심인 사람들은 파랗게 색을 내기도 했다. 하지만 대부분의 사람들은 하얀 풀을 그대로 사용했다.

풀은 그 나라에 엄청난 돈과 부를 가져다주었다. 왕의 금고는 옷깃에 부과된 세금으로 나날이 두둑해졌다. 현재는 배로 풀을 수입하면서 화물에 부과되는 세금과, 많은 나라에서 직접 만드는 풀도 재산 증식에 한 몫을 했다. 그리하여, 고대 곡식 이외에도 아름다운, 깨끗함, 그리고 건강을 위해 일하는 새로운 영혼들이 나타났다. 이집트만큼 오래된 유용한 물질이 새로운 예술로 탄생하였으며 그것이 바로 이 세상의 부와 즐거움을 더해준 것이 되었다.

# 움직이는 농장

네덜란드 드렌터 주에 한 남자가 살고 있었다. 그의 농장에 작은 나무들이 일렬로 서있다는 이유로 그는 라이어 반 붐페스(Ryer Van Boompjes)로 불렸는데, '작은 나무들의 라이어'라는 의미였다.

얼마 뒤 그는 오베리즈셀로 통하는 주이데르 지 해변으로 이사를 갔다. 오베리즈셀은 '이즈셀 강 위' 라는 의미였다. 라이어는 블로크질 마을 근처에 농장을 하나 샀다. 둑을 만들고 몇몇 남자들이 모래와 덤불로 가득한 땅을 갈기 좋은 목초지로 바꾸었다. 그리고는 수로를 세워 삼면을 둘러쌌다. 나머지 한 면은 주이데르 지를 향하고 있었다.

모든 것이 완성된 후 그들은 새로운 땅을 여기저기 광고하기 시작했다. 새로운 땅이 가진 멋진 장점들을 광고하였고 라이어는 자신의 재산으로 땅을 매입하였다. 그는 마치 왕이라도 된 듯한 기분이었고 진짜 황재처럼 자신의 땅을 다스리기 시작했다.

그 일이 있기 몇 년 전, 라이어는 '퀴젤'과 결혼하였는데 네덜란드어로 수녀 혹은 다 큰 숙녀를 의미하는 말이었다. 그 당시 그는 식탐이 많은 자식 넷을 키우고 있었다. 그 아이들은 양배추, 감자, 호밀빵과 치즈를 엄청 먹어 치울 수 있었으며 버터밀크도 꿀꺽꿀꺽 한 대접은 마실 수 있을 만큼의 엄청난 식탐을 자랑했다. 게다가 라이어는 동물들도 많이 키우고 있었다. 말 네 마리, 소 여섯 마리, 개 두 마리, 그리고 닭과 거위 오리는 열 마리도 훨씬 넘게 키우고 있었다. 아, 당나귀 한 마리까지.

상당히 부유했음에도 불구하고 그는 자신이 가진 것에 전혀 만족하지 못하고 더 많은 것을 원하고 있었다. 키우는 동물들에게 주는 먹이마저 인색하게 구는 탓에 그의 이웃들은 종종 소와 당나귀들이 안경을 쓰고 있는 모습까지 보았다고 하였다. 그 이유는 짚을 아끼기 위해 대팻밥과 섞어 먹이를 주었는데 동물들의 시력을 흐릿하게 만들어 신선한 건초를 먹는 것으로 믿게 하기 위한 것이었다.

말을 데리고 밭을 갈 때면 그를 물 근처 바로 옆까지 몰고 갔다. 땅을 조금이라도 더 넓게 만들기 위해서였다. 종종 이웃의 소택지가 물에 떠내려 올 때면 몹시도 행복해했다. 밤에 아무도 보지 않을 때 그 땅을 자신의 땅에 꽁꽁 묶어 두곤 하였다.

그런 일이 몇 번 있고 보니 땅은 점점 넓어져갔다. 하지만 그의 소유욕은 줄어들기는커녕 오히려 그를 더 사악한 인간으로 만들었다. 이제는 대놓고 주이데르 지의 땅을 훔치기 시작한 것이었다. 공식적으로 도둑질을 하게 된 것이라 볼 수 있다. 누군가의 땅이 떠내려 온다는 소리만 들리면 얼른 배를 몰고 나갔다.

아침이 되기 전에 사악한 조수의 도움을 받아 자신의 땅을 넓혀갔다. 그 조수 역시 자신의 몫을 섭섭지 않게 챙길 수 있었다. 하지만 그는 양심의 가책은 조금도 느끼지 않았다. 12에이커나 되는 땅을 가졌지만 사실 지반이 안정되지는 않았다. 남편의 교활한 짓을 알고 있던 부인은 그제야 남편을 말리기 시작했다.

매년 이맘때쯤이면 며칠 동안이나 비가 무섭게 쏟아지곤 했었다. 쉴 틈 없이 쏟아지는 비 때문에 주변의 목초지는 다 물에 잠겨 마치 섬이 된 것 같은 풍경이었다. 제방은 더 이상 물을 막을 수 없어 곧 터지기 일보 직전이었다. 소문으로만 듣던 '밸'의 습격에 모든 이들이 잔뜩 겁을 먹고 있었다. 아주 오래전 그랬던 것처럼 땅이 순식간에 깊숙이 꺼질 것만 같았다.

라이어는 걱정이라고는 전혀 하지 않았다. 오히려 그의 욕심은 날이 갈수록 더욱 커져가고 있었다. 비가 그치고 해가 뜬 첫 날 땅이 마르기 시작하니 그는 당장 말 두 마리를 끌고 일을 시켰다. 역시나 물가에 바짝 가까이 데리고 가 쟁기질을 시작했다. 그 바람에 말들은 아직 차마 다 마르지 않은 진창에 미끄러져 고꾸라지고 말았다. 그 당시 엄청난 비가 내렸던 탓에 주이데르 지의 수면은 잔뜩 불어 있는 상황이었다. 라이어의 땅은 금방이라도 터져 조각조각으로 물살에 휩쓸려갈 듯한 모양새였다.

지독한 구두쇠 라이어 역시 미끄러져 쟁기 막대기에 머리를 세게 찧고 말았다. 그 충격으로 한 30분 동안 의식을 잃고 있었다. 마침 아들 피트가 근처에 있었으니 망정이지 안 그랬으면 정말 큰일 날 뻔했다. 아들은 얼른 집으로 뛰어가 배를 끌고 와 아버지가 있는 곳으로 노를 저어갔다. 얼른 아버지의 옷깃을 꽉 붙잡고 있는 힘껏 끌어올렸다. 라이어는 한참을 차가운 물속에서 있던 데다가 머리를 부딪친 충격으로 정신을 차리는 데에 꽤 오랜 시간이 걸렸다.

아들은 정성스럽게 아버지의 손을 문질러 최대한 따뜻한 피가 온몸에 흐르게 만들었다. 하지만 쉽게 정신이 돌아오지 않았다. 그래도 아들의 지극한 보살핌으로 아버지는 결국 정신을 차릴 수 있었고 겨우 몸을 일으켜 말을 할 수도 있게 되었다. 그제야 피트는 다시 노를 저어 집 앞 부두까지 배를 몰고 갔다.

하지만 그의 농장과 집, 들판은 대체 어디로 간 것인가? 라이어는 여전히 정신이 100% 돌아오지 않았지만 피트는 방향을 정확히 알고 있었다. 하지만 여전히 농장은 있어야할 곳에 보이지 않았다. 오베르지젤 해안 쪽을 바라보았다.

높이 자란 버드나무와 교회 첨탑 대신 그곳에는 아무것도 없는 황량한 벌판만 펼쳐져 있었다. 마치 거대한 거인이 땅 전체를 집어 삼킨 듯한 모습이었다. 아버지와 아들은 깜짝 놀라 입을 쩍 벌리고 서로를 쳐다보고만 있을 뿐이었다. 하지만 너무도 당황스러워 무슨 말을 해야 할지는 알 수가 없었다. 대체 그의 농장과 부인은 어디로 간 것인가? 그 때 부인과 아이들은 물 위에 떠내려가고 있다는 것을 깨달았다.

땅은 계속해서 육지에서 멀어지고 있었다. 농장은 오베르지젤에서 벗어나 북쪽 프리슬란트 방향으로 떠내려가고 있었다. 교회 첨탑도 점차 시야에서 사라져가고 있었다.

곧 바람의 방향이 남쪽에서 북쪽으로 바뀌어 버렸다. 배에서 보면 네덜란드 북쪽으로 흘러가는 것처럼 보였다. 아이들은 전혀 무서운 얼굴이 아니었다. 오히려 손뼉까지 치며 잔뜩 신난 모습이었다. 늘 보기만 했던 그 엄청나게 넓고 깊은 바다를 직접 건넌다는 것이 몹시도 즐거운 모양이었다.

아버지가 워낙 인색하여 마차는커녕 키우는 말 위에도 타지 못하게 했었고 교회를 갈 때에도 무조건 걸어가야만 했다. 아침 예배이든 오후 예배이든 상관없이 그의 가족들은 모두 나막신을 신고 먼 길을 왕복 해야만 했었다.

물 위에 둥둥 떠가는 소들은 도무지 무슨 일인지 알 수가 없었다. 그저 음매 하고 울어 댈 뿐이었다. 당나귀도 그들을 따라 시끄럽게 울어댔다. 그렇게 며칠이 지나니 누구도 가축들을 돌볼 여유가 없었다. 먹이를 주고 물을 먹일 수도 없었다.

넓은 목초지 한 중간에 거대한 물 웅덩이만 있을 뿐이었다. 오리들이나 거위, 닭들은 전혀 신경 쓰지 않았지만 목이 무척 말랐던 소와 말들은 그 큰 물웅덩이 바닥이 보일 때까지 물을 벌컥벌컥 마셨다. 그 멍청한 동물들은 혹시나 물에 떠내려갈까 하는 걱정 따위는 하지 않았다. 소금기가 가득한 바닷물도 쉬지 않고 벌컥벌컥 다 마실 수 있었다.

논밭이 물 위에 둥둥 떠가다니 그것은 정말 흔치 않은 일이었다. 지나가던 낚시꾼들도 그 모습을 이상하게 쳐다봤다. 하지만 그들 역시 무슨 큰일이라도 날까 싶어 가까이 가볼 용기는 없었다. 또 다른 사람들은 어떤 정신 나간 사람이 밭을 배처럼 이용하는구나 하고는 바로 신경을 끄고 자기 할 일을 하곤 했다.

어떤 마을에서는 교회 첨탑 위로 올라가면 그 땅이 보일 정도였다. 여인들은 역시나 그것에 대해 떠드느라 정신이 없었다. 소젖을 짜면서도, 뜨개질을 하면서도 내내 그 떠다니는 밭에 대한 이야기를 하느라 입이 쉴 새가 없었다. 남자들 역시 담배를 피거나 커피를 마실 때마다 그 이야기가 단골 주제가 되었다.

"그 떠내려가는 땅 위에 진짜 집은 물론 사람도 있고 외양간까지 있더라니까!"

못 볼 것이라도 본 듯 잔뜩 흥분한 목소리로 교회 관리인이 말했다.

"소, 개, 그리고 황새까지 있었어."

그러더니 그는 유명한 속담 하나를 읊기 시작했다. 마침내 라이어와 아들은 용케 그 흘러가는 땅을 거의 다 따라잡았다. 주이데르 지를 지나친지는 오래였고 호밀빵과 순무가 자라나는 북쪽 지방에 도착했다. 디저트로 와플도 먹을 수 있는 곳이었다. 하지만 두 부자는 앞으로 무엇을 해야 할지 더 이상 감이 오지 않았다.

그 와중에 계속해서 물에 떠내려가고 있던 부인과 아이들은 점점 더 극심해지는 굶주림에 미쳐버릴 지경이었다. 소들이 먹을 먹이는 이미 동이 난 지 오래였고 개, 고양이, 황새들도 먹이가 없어 쫄쫄 굶고 있었다. 설탕이나 커피, 호밀이나 건포도 빵, 소시지, 얇은 치즈 조각도 남아있는 것이 전혀 없었다. 그나마 감자와 보리 낱알 정도만이 남아있을 뿐이었다. 그나마 다행이었던 것은 오스테르비크 마을 쪽을 보니 동쪽에서 불어오는 바람이 딱 적당한 세기였다는 것이었다.

곧 눈앞에 교회 첨탑이 보이기 시작했다. 굴뚝에서 흘러나오는 소와 치즈 냄새, 그리고 토탄 연기 냄새를 맡으니 그보다 더 행복할 수가 없었다.

마침 라이어 부자도 그곳에 도착한 것이었다. 그들은 호텔 로비에 앉아 모래 가득한 바닥을 쳐다 보고 있었다. 이미 빈털터리가 된 상황에서 배는 고프고 어떻게 하면 커피와 샌드위치를 사 먹을 수 있을까 고민하던 중이었다. 그 때 클롬프를 신고 있는 어떤 한 소년이 조잘대는 소리가 들렸다.

그는 냅다 신발을 벗고는 방 안으로 뛰어갔다. 노란 배기 바지와 머리색도 역시 노란 소년이었는데 별 동물들이 다 타고 있는 이상한 밭 하나가 물 위에 둥둥 떠오고 있다고 잔뜩 흥분하여 떠들어대고 있었다. 사람들뿐만 아니라 집과 개, 고양이, 황새가 타고 있는 섬이 물 위에 둥둥 떠오고 있다는 것이었다. 그 소리를 듣자마자 라이어는 절뚝거리는 다리를 겨우 일으켰다. 피트가 냅다 밖으로 뛰어 나갔다.

그렇다. 그의 어머니였다. 동물들도 함께 있었다. 그 사악하고 짓궂은 남자의 심장이 생전 처음으로 벅차오르는 순간이었다. 뭔가 알 수 없는 수만가지 감정이 뒤섞여 분출되고 있었다.

소년들과 낚시꾼, 농부들이 당장 너도나도 달려 나가 그 땅덩어리를 부둣가로 끌고 왔다. 밧줄로 꽁꽁 묶어 말뚝에 묶어 두었다. 그 날 밤, 마을 사람 모두가 행복하였다. 둥둥 떠내려 온 밭을 꽁꽁 묶어 두었으니 더 이상 걱정할 일이 없었다. 모두들 안심하고 잠자리에 들 수 있었다. 한편으로는 라이어가 자신들의 공에

감사하며 뭔가 대단한 포상이라도 주지 않을까 내심 기대도 하고 있었다.

한편 반 붐페는 숙박비를 아끼기 위해 자신의 집에서 하룻밤을 머물렀다. 여전히 그 땅덩어리 위에 타고 소들과 함께 머무르고 있었다. 마을 사람들은 수탉들이 물 위에서 꼬꼬댁 거리는 것을 의아하게 여겼고 헛간의 새들도 뭔가 모를 두려움에 휩싸였다. 자정이 되기 전에 마을의 모든 사람들과 동물들이 깊은 잠에 빠졌다.

쥐 죽은 듯 고요함만 가득하였다. 꽤 거센 바람만 서쪽에서 불어오고 있을 뿐이었다. 그 순간 말뚝에 꽁꽁 묶어 두었던 밧줄이 풀려버렸다. 반 붐페가 누워있던 그 땅덩어리가 점점 부두에서 멀어지며 엄청난 속도로 물 위를 흘러가고 있었다. 게다가 바람까지 거세게 부니 최대 속도로 달리는 배처럼 쉬지 않고 물 위를 흘러가고 있었다. 하지만 다들 깊은 잠에 빠져 있던 탓에 누구도 그 상황을 알 리가 없었다. 심지어 귀가 밝은 수탉들마저도 깨지 않을 정도였다.

그러던 중 그 땅이 갑자기 멈춰버렸다. 갑작스런 충격에 반 붐페와 그의 부인은 침대 밖으로 튕겨져 나가고 말았다. 소들 역시 외양간에서 튕겨 나갔고 깜짝 놀란 개들은 누가 자기들을 발로 찬 건가 싶어 목청껏 짖어대고 있었다. 수탉도 제대로 놀랐는지 날카롭게 울고 있었다. 결국 그들의 엄청난 소란에 마을 사람들 역시 하나 둘 깨서 무슨 일인가 싶어 밖으로 나오기 시작했다.

"하늘과 땅, 번개와 비." 사람들이 외쳤다.

"저 땅덩어리가 드디어 제 자리를 찾았구나."

그렇다. 반 붐페가 있던 그 땅이 언제 그랬냐는 듯 다시 원래 있던 곳으로 돌아온 것이었다. 하지만 다른 땅보다 5인치 정도 높이 붙는 바람에 교차로 같은 것이 생겨버렸다. 그 덕분에 최소 물고기 스무 마리가 그 사이에 찡겨 버렸다.

그 일이 있은 후로 웬일인지 반 붐페는 자신이 저질렀던 일들에 대해 반성을 하며 착한 사람으로 완전히 변모하였다. 종종 농장의 일부를 소유주에게 지불하였고 비 때문에 땅을 잃어버린 사람들에게도 자비를 베풀었다. 또한 북쪽 지방의 사람들에게는 꽤 많은 양의 금괴를 보내기도 하였다. 그는 진실한 마음으로 교회에 가 신을 섬기기 시작하였다.

마을 사람들도 그가 진정으로 죄를 뉘우치는 것이라 생각하고 그의 엄청난 변화를 찬양하고 높이 샀다. 추기경들이 하얀 장갑을 끼고 그의 가방을 찌를 때마다 그는 은화를 하나씩 넣었다.

농장에는 오리와 황새, 개, 소들을 비롯한 모든 동물들이 더욱 더 행복하고 만족한 생활을 누릴 수 있었다. 둥둥 떠가던 땅덩어리와 주이데르 지의 바람 덕분에 모든 일이 다 순조롭게 풀릴 수 있었다고 생각하였다. 반 붐페 역시 그 이후로 오랫동안 행복하고 즐거운 인생을 살다가 모두가 보는 앞에서 영예로운 죽음을 맞이하게 되었다.

## 치즈를 너무 좋아한 소년

클라스 반 봄멜이라는 12살의 네덜란드 소년은 젖소들과 살고 있었다. 소년의 키는 5피트가 넘었고 몸무게는 100파운드나 되었다. 소년의 볼은 항상 발그레했다. 그의 먹성은 항상 왕성했기에 소년의 어머니는 아들의 위장이 끝도 없이 늘어나는 게 아닌가 생각할 정도였다. 머리카락은 약간 당근과 고구마를 섞어 놓은 듯한 색깔이었는데, 마치 억새처럼 두꺼웠고 양쪽 귀 밑까지의 길이였다.

클라스는 나막신을 신고 다녔는데 그 신발은 소년이 토끼를 잡으러 재빨리 뛰거나 학교에 가기 위해 마을의 벽돌길을 따라 천천히 걸어갈 때도 굉장히 시끄러운 덜커덕 소리를 냈다. 여름이 되면 클라스는 거친 파란 리넨 블라우스를 입었고 겨울이 되면 커피 봉투처럼 폭이 넓은 모직 반바지를 입었다. 마치 소 방울을 엎어 놓은 모양과 비슷해 '벨 바지'라고 불렸다. 그 바지를 두꺼운 재킷과 단추로 연결하면 완성되는 것이었다.

클라스는 5살이 될 때까지 그의 여자 형제들처럼 옷을 입고 다녔다. 5살 생일이 되어서야 비로소 남자 아이의 옷을 갖게 되었는데 주머니가 두 개나 달린 그 옷을 굉장히 자랑스러워했다.

클라스의 아버지는 농부였다. 그래서 매일 아침 식사로 호밀빵과 갓 짜낸 우유를 먹었다. 저녁으로는 치즈와 빵 이외에 삶은 감자를 먹기도 했다. 그는 허겁지겁 포크로 감자를 찍어 들고는 뜨거운 버터가 녹아 있는 하얗고 둥근 그릇 안으로 밀어 넣었다.

버터가 듬뿍 묻은 감자는 눈 깜짝할 새에 그의 목구멍 속으로 자취를 감췄다. 그는 저녁을 먹을 때 버터를 만들기 위한 크림은 접시에 남겨두고 빵과 탈지유를 먹었다. 아이들은 일주일에 두 번 정도 갓 짜낸 우유나 응유 위에 흑설탕을 뿌려 먹는 것을 즐기기도 했다. 매 끼니마다 빠지지 않는 것이 있었는데, 바로 얇게 썬 치즈였다. 하지만 클라스는 치즈가 너무 얇은 것이 불만이었다.

클라스는 보통 뒤통수가 베게에 닿자마자 곯아떨어지곤 했다. 여름에는 새벽에 새들이 지저귀는 소리에 잠에서 깼고 겨울에는 햇살을 받은 침대가 따뜻해지고 서리가 피어날 때 눈을 떴다. 그리고 소들이 울어대는 소리를 들으며 매트리스로 쓰고 있는 짚더미에서 뛰어내려 아침을 맞이했다. 반 봄멜 가족이 부자는 아니었지만 모든 것이 반짝이고 깔끔했다.

반 봄멜의 집에는 항상 먹을 것이 넘쳐났다. 남자의 팔뚝보다도 길고 두꺼운 호밀빵 더미가 서늘한 지하실의 한쪽 구석에 층층이 쌓여 있었다. 일주일에 한 번씩 그 반죽을 오븐에 넣고 구웠다. 빵 굽는 시간은 그들에게 아주 특별한 행사나 마찬가지였다. 그 날만큼은 가족들 중 남자들은 절대 부엌에 출입 금지였다. 여자들이 도움을 청할 때 빼고는 말이다.

우유 통과 프라이팬이 가득 차 있든 비어있든, 햇볕 아래에 말라 있든 상관이 없었다. 식료품저장고에 가득 쌓여 있는 치즈는 소규모 군대를 먹이고도 남을 만큼 충분해 보였다. 하지만 클라스는 항상 더욱 더 많은 치즈를 원했다. 그는 물론 아주 착하고 부모님의 말씀을 잘 듣고 소를 돌보는 일에도 열심이며 학교에서도 성실한 학생이었다. 하지만 식탁 앞에 앉아있을 때만은 전혀 다른 모습이었다. 가끔 그의 아버지는 혹시 재킷 안에 커다란 우물이나 동굴을 숨겨 놓은 것이 아니냐는 농담을 던지기도 했다.

클라스에게는 트린체, 안네케, 사르체라는 세 명의 여동생이 있었는데, 영어로는 케이트, 애니, 샐리라는 이름이나 마찬가지였다. 그들을 너무나 사랑한 다정한 어머니는 "오렌지 꽃"이라는 애칭으로 불렀다. 하지만 저녁식사를 할 때 감자와 버터를 마구 으깨는 클라스의 모습을 본 어머니는 큰 웃음을 터뜨리며 그를 '버터 컵'이라 불렀다. 하지만 클라스의 치즈에 대한 욕심은 끝이 없었다.

식탐이 유별난 그 소년을 보며 그의 어머니는 "버터와 달걀보다 더 나쁜 아이"라고 놀리기도 했다. 즉, 두꺼비 꽃이라고 하는 노란색과 흰색이 섞여 있어 보기에는 예쁘지만 농부에게는 몹시 골칫거리인 식물 같다는 말이었다.

어느 여름날 저녁, 클라스는 어머니에게 또 꾸중을 들은 참이었다. 겨우 울음을 참아내고 잠자리에 들었다. 자신의 것도 모자라 여동생들에게서 한 조각씩 얻어낸 치즈까지 다 먹어치운 탓에 배가 터질 듯이 불렀다.

클라스의 침실은 다락방에 있었다. 집을 처음 만들 때 지붕의 빨간 타일 중 하나를 일부러 빼내서 그 자리에 유리 조각 하나를 대신 채워 넣었다. 아침에는 눈부신 햇살을 맞으며 자리에서 일어났고 밤이면 상쾌한 공기로 방을 환기시킬 수 있었다.

그리 머지않은 모래 언덕의 소나무 숲에서 부드러운 바람이 불어오고 있었다. 클라스는 그 향긋한 냄새를 맡기 위해 의자 위로 올라갔다. 나무 아래에서 춤추는 불빛을 본 것 같기도 했다.

빛줄기 중 하나가 지붕의 창을 통해 들어와 굴뚝 근처에서 아른거리는 것 같았다. 그러더니 갑자기 그의 앞으로 향하는 것이었다. 빛은 움직이면서 소년의 귀에 무언가를 속삭이는 것 같았다. 마치 수백 마리의 반딧불이 빛을 모아 하나의 등불을 밝히는 것 같았다. 그 때 클라스는 그 빛줄기들이 한 소녀의 형상을 만들고 있는 것이라는 생각이 들었다. 하지만 이내 무슨 멍청한 생각이냐며 스스로를 비웃었다. 하지만 곧 그 소녀의 형상에서 속삭이는 목소리가 들려왔다. 하지만 그는 다시 웃음을 터뜨리며 정신을 차렸다.

어느새 어머니에게 꾸중 들은 일은 까맣게 잊어버린 상태였다. 그의 눈은 즐거움에 가득 차 반짝거리고 있었다. 그의 귀에 목소리가 들려왔다.

"저기 치즈가 엄청 많이 있어. 같이 가자."

그는 혹시 꿈인가 싶어 눈을 비비며 귀를 쫑긋 세웠다. 그 순간 다시 한 번 목소리가 들려왔다.

"같이 가자."

꿈인가 생시인가? 그러고 보니 언젠가 옛날 사람들이 한 이야기를 들은 적이 있다. 숲 속에 사는 여인들이 여행자들에게 속삭이며 경고를 한다는 것이었다. 사실 클라스는 소나무 숲에서 "요정 반지"를 종종 본 적이 있었다. 바로 이 불꽃의 여인이 그를 꼬드기는 것이었다.

그 불빛은 계속해서 빨간 타일의 지붕 위를 둥글게 돌고 있었다. 굴뚝 위로 떠오르는 달의 모습은 마치 은빛 쟁반과도 같았다. 달이 더 높이 떠오를수록 하늘이 밝아져 여인의 모습을 한 불빛은 점점 희미해져 갔다. 하지만 그럴수록 목소리는 더욱 뚜렷하게 들렸다.

"저기 치즈가 아주 많이 있단다. 같이 가자."

"대체 어떻게 된 건지 알아보기라도 해야겠어."

클라스는 두툼한 양말을 신고는 조심조심 아래층으로 내려가 조용히 밖으로 나갔다. 현관에서 나막신을 신는 순간 고양이가 그르렁거리며 그의 정강이에 몸을 비벼댔다. 순간 깜짝 놀란 그는 폴짝 뛰었다. 하지만 잠시 아래를 내려다본 순간 그는 머리 위에 노란 불빛 두 개를 달고 있는 여인을 보았고 그것이 무엇인지 단번에 알아차릴 수 있었다.

소년은 당장 소나무 숲 속으로 달려가 요정의 반지가 있는 곳으로 향했다. 이 무슨 신기한 광경인가! 처음에 클라스는 그것이 커다란 반딧불이들이라고 착각했다. 다시 한 번 보니 그들은 인형 몸집과 비슷하고 귀뚜라미처럼 살아 움직이는 예쁜 여인들이었다. 그들의 몸에서는 밝은 빛이 쏟아져 나오고 있었다. 마치 등불에 날개가 달린 것처럼 말이다.

그들은 손에 손을 잡고 반지를 둘러싸고는 즐겁게 춤을 추고 있었다. 그들은 굉장히 신난 모습이었다. 하지만 클라스는 여전히 어안이 벙벙했다. 정신을 차리고 보니 요정들이 자신을 둘러싸고 있었다. 그들 중 우두머리처럼 보이는 요정이 그에게 다가왔다. 요정들은 앙증맞은 손가락으로 그를 당기고 있었다. 그들 중 가장 예쁜 얼굴의 요정이 그의 귀에 대고 속삭였다.

"이리 와, 우리와 같이 춤을 추자."

그러자 나머지 요정들이 한 목소리로 외쳤다.

"여기 치즈가 아주 많이 있단다. 네가 좋아하는 치즈 말이야. 어서 와!"

그 목소리에 홀린 듯 클라스의 발걸음은 몹시도 가벼워 보였다. 곧 그는 양 옆에 요정들의 손을 꽉 잡은 채 신난 표정으로 함께 춤을 추기 시작했다. 마치 축제에라도 온 듯 몹시 신이 났다. 그 모습은 마치 네덜란드 소년 소녀들이 축제 기간 동안 손을 잡고 거리를 활보하며 춤을 추는 모습이었다.

사실 클라스는 너무도 신난 상태라 요정들 얼굴을 자세히 들여다볼 겨를이 없었다. 밤이 새도록 계속해서 춤을 췄으며 동이 터 오고 해가 뜰 때까지 계속해서 춤을 췄다. 마침내 완전히 지친 그는 쓰러져 잠이 들고 말았다. 그의 머리는 빙 둘러싼 요정들을 향해, 그의 발은 원의 중앙을 향하고 있었다. 하지만 클라스는 자신이 잠들었다는 사실도 알아차리지 못할 만큼 몹시 행복한 상태였다.

함께 춤을 췄던 요정들이 이제 치즈를 가져다주길 기다리고 있는 것이라고 생각했다. 그들은 황금 칼로 치즈를 잘라 직접 클라스에게 먹여주기까지 했다. 그 맛은 정말 설명할 수 없을 정도로 황홀했다! 그는 그토록 바라온 치즈를 원 없이 먹을 수 있을 것만 같았다. 더 이상 자신을 꾸중할 어머니도, 손가락질을 할 아버지도 그곳엔 없었다. 얼마나 기쁜 일인가! 하지만 곧 그는 치즈를 그만 먹고 잠깐이라도 휴식을 취하고 싶었다. 계속 입을 벌리느라 턱이 아플 지경이었다.

배에는 대포알이 가득 차 있는 것만 같았다. 그는 숨을 헐떡거렸다. 하지만 요정들은 멈추지 않았다. 네덜란드 요정들은 절대 지치지 않는 존재들이었기 때문이다. 그들은 동서남북 각기 흩어져 계속해서 치즈를 들고 왔다. 클라스 주위에 떨어뜨린 치즈들이 벽처럼 쌓이는 지경까지 되어버렸다. 얼핏 보면 치즈에 갇힌 무시무시한 모습처럼 보이기도 했다.

결국은 그의 머리 위까지 차오르기 시작했다. 빨간색의 에담 치즈, 분홍색과 노란색의 고다 치즈, 덩어리 모양의 회색 레이든 치즈까지 그 종류도 다양했다. 소나무 숲 속의 치즈 더미에 갇힌 클라스의 모습은 굉장히 무서웠다. 그것이 끝이 아니었다. 요정들 중 가장 키가 크고 힘이 센 요정들이 프리슬란트에서 온 아주 거대하고 둥근 모양의 치즈를 굴려오고 있었다. 그 치즈로 말할 것 같으면 그 크기가 마치 수레바퀴만해서 부대 하나를 모두 먹일 수 있을 정도였다.

요정들은 그 무거운 치즈를 마치 훌라후프를 굴리듯 데굴데굴 굴리고 있었다. 그러면서 잔뜩 흥분한 목소리로 소나무 작대기를 들고는 마치 무언가를 흉내 내는 듯한 모습으로 앞으로 걸어오고 있었다. 농장 치즈, 공장 치즈, 알크마르 치즈, 그리고 특히 냄새가 워낙 강해 클라스조차 먹지 못하는 림부르크 치즈까지 가까이 다가오고 있었다.

갖가지 종류들의 치즈가 계속 쌓이고 쌓여, 마침내 위를 올려다봤을 때는 마치 우물에 갇힌 개구리와도 같은 모습이었다. 곧 자신을 향해 그 우물 벽이 무너질 것 같아 신음 소리가 절로 났다. 잔뜩 겁에 질린 클라스는 고래고래 소리를 질렀지만 요정들은 그가 신나서 노래를 부르는 것이라 생각했다. 사람이 아닌 요정들이 그 심정을 알 리가 없었다. 결국 그는 한 손에는 두꺼운 치즈 조각을, 다른 한 손에는 커다란 덩어리를 든 채 더 이상 치즈를 입에 넣을 수가 없었다. 하지만 요정들은 여왕의 지휘 아래에 계속해서 그의 머리 위에 치즈를 쌓아 올리고 있었다.

그 순간 클라스는 집채만큼 어마어마한 치즈 더미들이 무너져 내리기 시작하는 것을 보았다. 쉴 새 없이 그의 머리 위로 치즈들이 무너져 내리고 있었다. 그는 공포의 소리를 내지르며 곧 프리슬란트 치즈처럼 납작해질 자신의 모습을 상상했다. 하지만 그런 일은 일어나지 않았다! 꿈을 꾼 것이었다. 눈을 비비며 일어나니 모래 언덕 위로 떠오르는 태양의 모습이 보였다. 여느 때처럼 새들이 지저귀고 까마귀들이 울고 있었다. 마치 그에게 아침 인사를 건네듯 말이다.

　마을 시계 소리가 정각을 알리고 있었다. 입고 있던 옷을 만져보았다. 이슬에 젖어 있었다. 그는 몸을 일으키며 주위를 둘러보았다. 요정은 없었다. 하지만 입 속에는 웬 풀 한 더미가 가득 차 있었다. 아마 밤새 그 풀을 꾸역꾸역 씹고 있었던 모양이었다.

　그날 밤의 요정들과 있었던 이야기를 누구에게도 말하지 않았다. 하지만 치즈 벽이 무너져서 잠에서 깬 것인지, 아니면 단지 동이 터서 잠에서 깬 것인지는 그 역시 평생 알 수가 없었다.

## 카바우테르와 종

어린 여왕 빌헬미나가 브라반트와 림부르크를 방문했을 때, 그들은 화려한 가장 행렬과 연극으로 그녀를 즐겁게 하였는데 네덜란드어로는 카바우테르, 독일어로는 코볼트라 불리는 작은 요정들이 참여한 놀이들이었다.

그들은 자신들의 장기를 자랑스럽게 선보이며 여왕을 즐겁게 하였다. 또 다른 작은 몸집의 '땅속 요정 또는 난쟁이'이라 불리는 종족 역시 작품에 참여하였다. 카바우테르는 숲이나 광산에 사는 까만 요정들이었으며 넓은 들판과 햇볕을 즐기며 사는 요정들은 하얀 요정들이었다.

난쟁이들은 생각이라는 것을 했지만 카바우테르는 광산에서 일을 하며 귀한 돌들과 광물들을 캐서 모으는 일을 했다. 그들은 키가 작고 몸집이 땅땅하며 힘도 세서 석탄이나 철, 구리, 황금을 파는 데 아주 제격인 요정들이었다. 그들이 처음 태어났을 때에는 아주 못생긴 존재였기 때문에 누구의 눈에도 띄지 않는 어둡고 깜깜한 지하 세계에서 살아야만 했다. 그들은 나이가 들면 수염이 난 늙은 인간을 닮아갔다. 하지만 아무리 나이가 들어도 그들의 키는 야드스틱 길이를 넘지 못했다.

갓 태어난 아기들은 기껏해야 인간의 엄지손가락만한 크기 밖에 되지 않았다. 다 큰 어린 아이들도 고작 30센티미터 정도 될까 하는 정도였다. 그들의 특이한 점이면, 그들은 착하고 현명한 사람들은 더 잘 하도록 도와주는 반면, 멍청하고 어리석고 행실이 못된 이들은 괴롭히고 벌주는 것을 좋아한다는 것이었다.

장난꾸러기와 같은 그들은 멍청이, 혹은 네덜란드어로 "치즈머리"라고 부르는 이들을 꼬드겨 장난치는 것을 특히나 좋아했다.

아주 오래전 옛날 네덜란드 사람들이 사는 땅에 교회 첨탑이나 종이 없을 때의 일이다. 지금은 흔히 볼 수 있는 것들이지만 말이다. 남쪽에서 착한 선교사들이 그곳으로 와서 사람들에게 더 훌륭한 행실을 가르쳤고 더 질 좋은 옷과 건강한 음식에 대한 것들을 알려주었다. 또한 잔인한 신과 복수 습관에 대한 것들을 모두 잊으라고 설득하였다. 그의 자녀인 우리들을 모두 사랑하시는 천국의 아버지에 대한 이야기를 하며 우리가 사악한 행동을 할 때조차도 우리를 용서하시는 이라고 하였다.

대장 난쟁이들과 카바우테르들이 이 새로운 교사들에 대한 이야기를 듣고는 회의를 열어 의견을 나누기 시작했다.

"착하고 친절한 그 선교사들을 도와주어야 한다. 하지만 그들 중 못된 이들은 괴롭히고 벌을 주어야 한다."

곧 그 소식은 광산과 언덕에 살고 있는 모든 난쟁이들의 귀에 전해졌다. 어떻게, 그리고 무엇을 해야 하는지 우두머리들에게 전해 들었다.

선교사들 중 몇몇은 외국인들이었는데 그 나라의 관습을 미처 몰랐던 탓에 매우 무례하고 거친 행동을 했다.

그들은 매일 사람들의 기분을 상하게 만들었다. 도끼로 마을의 신성한 나무들을 베기도 했고 신성한 우물과 샘물을 보며 비웃기도 했다. 그들은 위대한 신, 보단에게 기도하는 사람들에게 욕을 퍼부었고, 모든 것을 알려주는 까만 까마귀들이나 하얀 비둘기를 데리고 있는 온화한 프로이야도 비웃었다. 그들은 착한 소녀들이 훌륭한 남편감을 얻도록 돕는 신들이었다.

또한 그 사악한 외국인 선교사들은 연극을 하는 아이들을 꾸짖어서 아이들의 부모가 아주 끔찍한 기분을 느끼게 만들었다. 이런 이유들로 마을 사람들은 화가 나고 샐쭉해져서 외국인 선교사들의 말을 더 이상 듣지 않으려했다.

하지만 그 못된 외부인들도 곧 난처한 상황에 처하기 시작했다. 그들이 먹는 빵은 신 맛이 났다. 오븐에서 방금 꺼낸 빵 조차도 말이다. 냄비에 있는 우유도 마찬가지였다. 어쩔 때는 침대가 뒤집어져 있기도 했고 벽난로 속 자갈돌들이 시끄럽게 달그락 거리기도 했다. 그들의 모자와 신발은 흔적도 없이 사라지기도 했다. 사실 그들의 일상은 끔찍한 날들이었고 그들은 다시시 고향으로 돌아가기를 원했다. 카바우테르는 한번 앙심을 품으면 어떻게 괴롭혀야 하는지 알고 있었다.

현명하고 선량한 선교사들은 어떤 문제도 겪지 않았다. 그들은 사람들이 고운 말을 쓰도록 설득하였다. 마치 어린 아이가 편식하지 않고 밥상 예절을 지키는 것을 새로 배우는 것처럼 말이다. 곧 마을 사람들은 잔인한 관습과 어리석은 믿음으로부터 점차 멀어져 갔다.

많은 사람들은 그 교사들의 가르침을 배우기 위해 왔고 그들이 교회를 세우는 것을 기꺼이 돕고자 하였다. 하지만 그보다 더 놀라운 일들은 바로 그 친절한 선교사들이 겪은 일들이었다. 하지만 어찌된 영문인지는 아는 자들이 없었다. 그들이 먹는 빵과 우유는 항상 맛이 좋고 양이 줄지 않았다. 잠자리는 항상 정돈되어 있었고 그들이 입는 옷은 항상 깨끗하게 다림질 되어 있었으며, 정원에는 예쁜 꽃들이 피어있고, 힘든 일은 그들이 직접 하지 않아도 되었다.

그들이 마을에 교회를 세우고자 할 때였다. 기둥을 세우기 위해 필요한 목재와 못, 철 기둥, 그리고 신성한 그릇을 위한 구리와 청동이 어떻게 그렇게 손쉽게 구해졌는지 본인들도 알 수가 없었다. 게다가 밤마다 다음 날 식량을 어찌 구해야 하나 고민하다 잠들었다가 다음 날 깨어보면 항상 풍족한 음식들이 그들을 위해 준비되어 있었다. 그리하여 많은 교회들이 쉽게 세워질 수 있었고 시간이 지날수록 더 많은 교회들, 더 많은 농장뿐 아니라 소와 들판이 늘어났으며 그에 따라 사람들도 더 행복해졌다.

착하고 유쾌한 사람들을 돕는 것을 좋아하는 난쟁이들과 카바우테르들은 그 착한 선교사들이 교회에 종을 달고 싶어 한다는 것을 알아차렸다. 마을 사람들에게 예배 시간을 알릴 때 사용할 수 있는 종을 말이다. 그들은 이번에도 선교사들을 돕기로 하였다. 하지만 단지 종이나 차임 벨 뿐 아니라, 카리용 혹은 공중에 매달 수 있는 여러 개의 종을 만들 생각이었다.

어둠의 난쟁이들은 창과 검을 위해 금속을 캐는 것을 좋아하지 않았다. 그것은 바로 사람들을 다치게 만들 수 있는 일이었기 때문이다. 하지만 교회에 종을 달면 숲의 여행객들을 안내할 수 있고, 마을의 집들을 모두 무너뜨리고 배를 뒤집고 사람들의 목숨을 빼앗는 폭풍을 잠재울 수 있을 뿐 아니라 사람들을 교회로 불러 기도하고 찬양하게 만들 수 있었다. 하지만 착한 선교사들은 가난하여 프랑스나 이탈리아에서 종을 사올 수가 없었다.

돈을 가지고 있다 하더라도 무성한 숲을 통해, 혹은 폭풍이 몰아치는 바다를 건너 그 무거운 종을 들고 오기란 불가능한 일이었다.

이 이야기를 들은 카바우테르들은 힘을 모아 밤낮으로 광산에서 일을 하기 시작했다. 이쑤시개와 삽, 쇠 지렛대와 끌, 그리고 망치와 나무망치를 들고 구리와 주석을 포함한 바위들을 부수기 시작했다. 그런 다음 광석을 주괴로 제련하기 위해 거대한 불을 피웠다.

그들은 교사들이게 네덜란드 카바우테르가 종을 만들 수 있으며 그들의 고향 사람들만큼의 능력을 가지고 있다는 것을 보여주고 싶어 했다. 그들은 인간들을 부러워했으나 자신들의 능력에는 자부심이 있었기 때문이다. 그 다리도 짧은 난쟁이들이 허벅지까지 내려오는 작은 외투를 입고 빨간 모자를 쓰고 장식용 술이 달린 스타킹을 머리에 쓰고, 레이스는 없지만 끝이 뾰족한 신발을 신은 그들의 모습은 꽤나 우스꽝스러웠다. 하지만 그들의 움직임은 원숭이만큼 활기가 넘쳤고 불이 뜨겁게 타오를 때 모든 것을 던져 넣고는 인간들보다 훨씬 더 열심히, 그리고 오랫동안 일을 했다.

그들이 다른 요정들과 비슷할까? 글쎄, 그렇다고는 볼 수 없다. 지금 카바우테르의 모습을 머릿속에 떠올린다면 아마 예상과는 많이 다를 것이다. 요정 하면 흔히 생각하는 날개는 없다. 예쁜 옷이나 화려한 옷, 별, 왕관이나 지팡이도 들고 있지 않다. 대신 망치, 곡괭이, 끌을 들고 있을 뿐이다. 하지만 그들은 아주 부지런하고 유용하며 생기 넘치는 종족이며 평범하고 거친 윗옷에 맨다리로 일을 한다.

가볍고 깨끗하고 쉬운 일 대신 카바우테르는 용광로나 도가니, 그리고 석탄과 나무들이 활활 타는 불에서 일을 한다.

가끔씩 그들은 연기와 석탄 먼지, 그리고 얼굴과 몸 전체로 흘러내리는 땀 때문에 지저분한 모습이기도 했다. 하지만 그들이 일하는 광산에는 언제나 물이 많이 있었고 한참 힘든 일이 모두 끝나면 그 물에 몸을 씻을 수 있었다. 그러면 다시 깔끔해진 모습으로 변했다. 착한 사람들에게 주려고 저장해둔 금은보화 외에도 그들은 잔인하고 못되고 게으른 사람들을 괴롭힐 만한 것들도 가지고 있었다.

카바우테르의 아버지들이 종을 만들기 위한 불길을 피우기 시작했을 때, 젊은 엄마들과 어린 카바우테르들도 여유를 부리고 있을 겨를이 없었다. 그들은 모두 다 같이 땅에서 내려와 광산으로 내려갔다. 우유를 짜는 하녀들을 괴롭히는 것도, 아마 타래를 헝클어뜨리는 것도, 어부들의 그물을 찢는 것도, 소꼬리를 묶어 장난을 치는 것도, 부엌에서 냄비와 프라이팬, 접시들을 어지르는 것도, 모자를 숨기는 것도, 벽난로 위의 굴뚝으로 돌멩이를 던지는 것도 모두 금세 멈추었다. 심지어 바위 뒤에 숨어 젖소들에 소리를 지르며 집으로 오게 만드는 어린이들의 장난을 비웃는 것도 멈췄다.

그 에너지를 아껴 한 번에 큰 불꽃을 만들 생각이었다. 어쩌면 그 순간 마을의 모든 사람들은 매일 시끄럽고 장난을 치던 "그 카바우테르들"이 잠시나마 어디로 사라졌었는지 궁금해 했을 것이다. 밭이나 시내나 너무 조용했기 때문이다. 마치 아기가 잠들어 있을 때처럼 말이다.

며칠 동안, 그리고 몇 주 동안 난쟁이들은 이미 까만 피부가 우리 조상들이 살던 집의 서까래만큼 더 검어질 때까지 지하에서 일을 했다. 마침내 모든 작업이 끝났고 난쟁이들은 우두머리 난쟁이를 불러 지금까지 한 일들을 모두 보여주었다.

정말 장관이었다! 종의 숫자는 최소 100개는 넘어 보였다. 거기다 크기도 다양했다. 마치 대가족을 보는 듯 아빠, 엄마, 청년, 어린 아들, 어린 딸, 꼬마, 아기들, 외동, 쌍둥이, 세쌍둥이까지 합친 대가족 말이다. 큰 통에 조차 들어가지 않을 만한 크기의 엄청난 종들, 배럴 통에 겨우 들어갈 크기의 종들, 부셸에 들어갈 종들, 펙에 들어갈 종들이 일렬로 놓여 있었다.

가장 큰 종들을 중앙에, 양 옆으로 작은 종들이 정렬된 모양이었다. 카우벨 보다도 작은 크기의 종들을 비롯하여 끝 쪽의 종들은 너무 작아서 500ml정도의 크기가 겨우 될까 말까였다. 이것들 말고도 종에 매달 굽은 철봉과 막대기, 볼트, 너트, 나사, 와이어와 멍에도 한 가득 쌓여 있었다.

카바우테르 중에서도 가장 힘이 센 무리들은 마을 근처의 숲에서 몹시 바빴다. 숲에서는 외국인 선교사들의 부탁으로 몇몇 남자들이 가장 튼튼하고 신성한 고목을 자르고 있었다. 그들은 잠시 장비들을 놔두고 자리를 비웠다. 그리고 밤이 되자 카바우테르들은 아침이 되기 전에 자신들의 도끼를 들고 조용히 나무들을 베기 시작했다. 신성한 나무들을 제외하고 모든 나무들을 말이다. 그리고는 목재를 모두 자르고 조각을 내어 종을 고정시킬 준비를 하였다. 그리고는 그것을 들고 광산으로 돌아왔다.

현재 네덜란드어로 종을 뜻하는 단어는 "클로크(klok)"이다. 현명한 백발의 난쟁이들 중 "클로큰 스피엘레르(klokken-spieler)" 혹은 "종 연주자(bell player)" 라는 가장 높은 계급을 가진 자는 카리용의 종소리를 통해 선발되었다. 그들은 연습을 위해 전부 기다란 가대에 매달려 있었다. 각 뼈대는 "걸이(hang)"라고 불렸는데 마치 어부의 그물을 말리고 수선할 때 걸어 놓는 모습과 닮았기 때문이었다.

그리하여 모든 준비가 끝났다. 깨끗이 씻고, 옷을 차려 입었고, 카바우테르 가족의 모든 구성원들, 아빠, 엄마, 어린 아들 딸들 모두가 노래를 하기 위해 한 줄로 섰다. 남자들은 테너와 바리톤, 여자들은 소프라노와 알토, 어린이들은 트레블, 그리고 더 어린 아이들은 끽끽 소리를, 아기들의 구구 소리까지 한 번에 울려 퍼졌다. 지휘자였던 난쟁이들이 그 소리를 주의 깊게 들었다.

최고음과 강력한 소리를 내기 위해 클로큰-스피엘레르 혹은 카리용의 대가는 각 최고의 음색과 품질을 자랑하는 종들을 골라 순서대로 정렬하였다.

하지만 남자든 여자든 몇몇의 질투 많은 카바우테르의 모습을 보는 것은 참으로 안타까운 일이었다. 덩치가 큰 남자들, 뚱뚱한 여자들 중 몇몇은 첫 번째 줄에 배정되지 못했다며 불만을 토로했다. 열은 양 옆으로 갈수록 가늘어졌는데 각 성별의 부랑아를 포함하여 40 내지 50명의 어린이들과 더 어린 아기들은 가만히 서있는 것조차 힘들어 했다. 그들은 턱받이까지 한 채 엄마 품에 안겨 있어야만 했다. 그래도 각자 끽끽 깩깩 구구 깍깍 소리를 내느라 정신이 없었다. 하지만 그 소리가 합쳐져서 멀리서 들리는 소리는 그저 쨍그랑거리는 소리일 뿐이었다.

모든 준비가 끝났다. 늙은 난쟁이는 포크를 들고 잠시 허밍을 하더니 지휘를 시작했다. 지휘자 난쟁이의 신호에 맞추어 모든 이들이 목소리를 내기 시작했다.

처음에는 그 기다란 줄에서 둥둥 종소리, 탕탕, 쨍그랑, 댕그랑,

땡그랑, 짤랑짤랑 소리가 합쳐져 합창단 보다는 그저 시끄러운 소음으로 들릴 뿐이었다. 지휘를 하던 난쟁이는 굉장히 낙담한 표정이었다. 하지만 지휘자도, 카바우테르도 절대 포기하지는 않았다. 지휘자는 포기하지 않았다.

한 늙은 아비를 보고는 너무 낮은 소리를 낸다며 꾸짖었고, 튼실한 몸집의 청년에게는 황소 같은 소리를 너무 크게 내서 나머지들도 다 따라가게 만든다며 인상을 찌푸렸다. 노래에는 관심이 없고 옆에 서있는 잘생긴 남자에게 추파를 던지는 소녀에게 손가락질을 하기도 했다. 하지만 열심히 하는 어린이들에게는 목소리를 조금만 더 높이라며 자신감을 북돋아주었다. 그렇게 끊임없이 연습을 한 결과 그들은 마침내 아름다운 소리를 낼 수 있게 되었다. 그렇게 몇 번의 연습 끝에 지휘자는 마침내 종소리를 조율하라고 일렀다.

콘서트에 초대된 난쟁이들과 카바우테르, 모든 요정들과 종들까지 남녀노소 수 백 가지의 소리들이 환희에 가득찬 아름다운 하모니를 만들어냈다. 서로 줄지어 서서 즐거움, 혹은 슬픔을 표현하기도 했고 종소리, 벨소리, 폭포 소리, 그리고 카리용 소리를 달콤하게 뽐내었다.

낮은 음역에서 아기들은 "음메, 음메" 소리를 냈고 높은 음역에서는 "짹, 짹" 소리를 냈다. 드디어 주교가 원했던 교회와 화려한 첨탑이 완벽히 만들어진 날이 되었다. 모든 것이 완벽했지만 단 한 가지, 종의 모습만 보이지 않았다. 카바우테르들이 깜짝 이벤트를 준비한 것이었다.

때는 밤이었다. 주교는 랭스로 떠날 준비를 하며 말안장에 짐을 챙기고 있었다. 이 도시에서는 인도와 중국에서 온 엄청난 규모의 카라반이 막 끝난 참이었다. 그들은 연간 박람회에 깔개, 향신료, 보석, 동양적 물건 등을 가져왔으며 랭스의 상인들은 금을 선보였다. 이곳에서 주교는 돈을 좀 빌리거나 종, 혹은 차임벨을 구할 수 있는지 부탁해볼 계획이었다. 그러던 중 갑자기 그의 집에서 음악 소리가 들려오는 것이었다. 그 한밤중에 말이다.

네덜란드 17개 주 어느 곳에서도 여태 들어본 적 없는 음악 소리가 하늘에 울려 퍼지고 있었다.

기독교 선교사들, 건축가나 가수, 그리고 종소리 음악을 예로부터 오래 들어온 프랑스나 스페인, 이탈리아 같은 나라에서도 들어본 적 없는 정말 감미롭고 달콤한 소리였다.

이 북부 지방에서는 솔로나 종소리, 차임벨 소리, 심지어 폭포 소리가 하나의 종에서든, 여러 개의 종에서든 들려오는 일이 없었다. 하지만 언제 들었던 음악보다 훨씬 더 심오한 선율이었다. 역사가 깊은 국가든, 생긴 지 얼마 되지 않은 나라든 상관없이 어디에서도 들어본 적 없는 음악임에는 틀림없었다.

전체 선율, 노래, 그리고 그 정도 기리의 정교한 음악, 많은 이들의 하모니, 마치 다양한 목소리가 하나로 합쳐져 밴드를 이루는, 혹은 거대한 규모의 오케스트라라고 할 수 있는 음악, 바로 카리용이었다.

해가 뜨기 전, 밤새 첨탑을 다는 꽤 버거운 작업을 하기 위해서는 일꾼 요정들 전체가 꿀벌처럼 쉬지 않고 일을 해야만 했다. 카바우테르는 만약 햇빛을 한 줄기라도 맞는 순간 그 자리에 굳어버리는 존재였기 때문이다. 원래도 햇볕 아래에서 사는 하얀 요정들은 아무 문제가 없었지만 늘 지하 세계에 사는 어두운 요정들인 카바우테르에게 빛은 화살만큼이나 위험한 죽음의 요소였다.

빛을 쐬는 순간 그 자리에 굳어 돌멩이로 변했기 때문이다. 다행히도 그들은 동쪽 하늘이 밝아져 수탉이 울기 전에 모든 작업을 끝마칠 수 있었다. 여전히 어두운 상태였지만 하늘과 땅에 아름다운 음악 소리가 울려 퍼졌다. 아직 잠자리에 있던 사람들은 그 아름다운 소리에 즐거워하며 잠을 이었다. 깜짝 놀란 주교가 신성한 목소리로 "라우스 데오(신을 찬양하라)"라고 외쳤다.

"마치 천사들의 합창 소리와도 같구나. 케루빔과 세라핌이 와 있는 것이 분명하다. 드디어 다윗 왕과의 약속을 지킬 수 있게 되었다. "주를 찬양하는 자들 있으라." 라는 약속을 말이다."

그리하여 과묵한 사람들부터 거칠고 어리석고 멍청한 선교사들은 물론 똑똑하고 재치 넘치며 친절하고 인내심 많은 사람들에게까지 카리용의 소리가 점점 퍼져 나갔다.

아르덴 숲과 북해의 섬 사이에 있는 모든 지역에까지 그 아름다운 음악 소리가 가득 채워졌다. 네덜란드는 아름다운 교향악단과 딸랑거리는 종소리로 유명한 나라가 되었다. 그 당시에는 아무리 가난한 도시라도 카리용을 가진 곳은 없었다. 매 15분마다 감미로운 송가나 노래 소리가 하늘에 울려 퍼졌다. 게다가 정각을 알리는 소리가 들리면, 독실한 신자들은 고개를 숙이고, 일을 하던 사람들은 휴식을 취했으며, 그 날 할 일이 모두 끝났다는 신호에 환호하기도 하였다.

해가 뜰 때, 정오에, 해가 질 때, 삼종 기도, 그리고 밤에 통금 시간을 알리는 종소리가 울렸다. 이후, 정해진 날마다 엄청난 규모의 음악회가 열리는 것이 하나의 관습이 되었다.

공연은 1시간 이상 지속되었는데 음악가들이 솜씨를 뽐내는 자리였고 네덜란드 전역에서 유명한 카리용 연주자들이 경연을 위해 모였다. 저지대의 나라들은 많은 "클로큰-스피엘레르"(종 연주자)를 훈련시키는 유명한 학교가 되었다. 아무리 부유하거나 규모가 큰 왕국들도 그 카리용의 나라에 비할 수가 없었다. 그들의 아름다운 멜로디와 하모니가 온 하늘을 달콤하게 채웠기 때문이다.

그렇게 새롭게 변해버린 새로운 네덜란드에서는 누구도 카바우테르를 보지 못했다. 숲 속의 나무들은 거의 모두 베어졌고, 대신 증기 엔진, 전신, 무선 메시지, 자동차, 비행기, 잠수함, 사이클, 잠수함이라는 새로운 것들이 등장한 새로운 세계에서 광산과 숲 속에서 살던 몸집 작은 요정들은 기억 속에서 잊혀 질 수밖에 없었다. 이제 화학자, 광부, 기술자, 그리고 학자들은 한때 요정들만 알고 있던 비밀들을 알게 되었다.

하지만 아름다움을 사랑하는 예술가, 건축가, 시계 만드는 사람, 주종사들은 그들의 아버지들이 한때 생각하고 믿었던 것을 기억한다. 그것이 바로 요즘 유명한 시계들을 보면 다이얼이 있는 앞면이나, 시계추 근처에 난쟁이들의 형체가 새겨져 있는 이유이다. 바로 카리용을 만들어내느라 고생한 난쟁이 요정들과 카바우테르 말이다.

땅의 요정 코볼트(kobolds), 프랑스어로는 페(fée), 영국에서는 브라우니(brownies)라는 이름의 요정들이 살던 튜턴 땅에서 그들은 종소리, 차임벨 소리, 달콤한 소리를 만들어냈다. 하지만 카리용이 가장 처음 탄생한 카리용의 고향은 바로 네덜란드이다.

## 황금 털을 가진 멧돼지

　아주 오래 전 옛날 네덜란드에는 아주 용감한 병사들과 솜씨 좋은 사냥꾼들이 살고 있었다. 하지만 그 누구도 땅에서 먹을 것을 얻을 수 있을 것이라고 생각한 이는 없었다.

　나무나 숲 속에서 산딸기나 도토리, 꿀 정도를 채집할 뿐이었다. 그들이 곡식과 빵이라는 음식의 존재를 알고 있었다 하더라도 땅이 너무 단단해서 씨앗에서 발아한 싹이 땅을 뚫고 나올 수는 없을 것이라 생각했을 것이다. 그들은 자연이 주는 것만이 인간이 먹을 수 있는 식량이라 생각했다. 또 남자들은 낚시를 하러 가거나 사냥을 하고 전투를 하러갔고, 그 외에 도토리를 요리하거나 벌꿀주를 담게 하는 등의 일은 모두 여자들에게 시켰다.

　요정들은 그 차가운 북쪽 땅에 사는 사람들을 가엾게 여겼다. 엄청난 비와 눈이 쏟아지는 그 땅에 사는 사람들을 말이다. 그들은 회의를 열어 그 땅에 엄니를 가진 동물을 보내는 것에 모두 동의하였다. 그 엄니로 땅을 갈 수 있게 말이다. 그러면 사람들은 땅의 비옥함을 알게 되고 흙이 무엇인지 알게 될 것이다.

농장과 정원, 헛간과 마구간, 건초와 곡식, 말과 소, 밀과 보리, 돼지와 클로버를 알게 되며 곧 축복받는 삶을 살 것이라 생각했다. 그곳에는 특별한 힘을 가진 요정들이 있었는데 그들은 아주 머나먼 행복의 땅에 살고 있었고 하늘과 물의 모든 것을 담당하는 존재들이었다. 그들 중 한 요정의 이름은 프로였는데 그는 여름 햇볕과 따뜻한 소나기의 왕이었다. 땅 위의 모든 것들을 자라나게 만드는 해와 비 말이다. 그곳이 바로 하얀 요정들이 사는 희망찬 지역이었다.

요정 나라에서는 아기 요정이 첫 이를 빼면 그 엄마의 친구들이 아기에게 예쁜 선물을 하는 것이 관습이었다. 그리하여 프로의 엄마인 네르투스가 아기의 입 속에서 작고 하얀 것이 잇몸을 뚫고 나오는 것을 보고는 아주 기뻐하며 다른 요정들에게 그 소식을 전하였다. 그 것은 대단한 일이었기에 그녀는 과연 자신의 아기가 어떤 선물을 받게 될 것인가 기대감을 높였다.

요정들 중에는 북극곰만큼이나 힘이 센 거인 요정이 하나 있었는데 그는 프로를 위해서 잔디 아래에 코를 넣고 땅을 갈 수 있는 동물을 선물로 주자고 하였다. 그는 이렇게 광산이나 동굴에 들어가지 않고도 지표 아래의 땅이 무엇을 가지고 있는지, 사람들에게 보여주곤 했다.

어느 날 거인 요정은 땅땅한 난쟁이 두 명이 땅 아래 구역에서 큰 소리로 이야기하는 것을 들었다. 그들은 자기들 중 누가 불 앞에서 풀무질을 더 잘할 수 있는지 서로 뽐내고 있던 중이었다. 그들은 둘 다 대장장이였기 때문이다.

하나는 난쟁이들의 왕이었는데 상대보다 자신이 더 뛰어나다고 호언장담하였다. 그리하여 거인은 그들에게 대결을 시켰고, 또 다른 난쟁이 하나가 풀무질을 하게 시켰다. 난쟁이 왕은 불길 속에 금 조각을 넣었다. 하지만 왠지 대결에서 이길 자신이 없자 다른 요정들에게 도움을 청하러 갔다. 그는 풀무질을 하는 난쟁이에게 계속 펌프질을 하라고 시켰다. 무슨 일이 일어나더라도 절대 멈추지 말고 말이다.

그 때 거인 요정이 쇠가죽파리의 모습으로 변하여 요정을 향해 날아가 그의 손을 꽉 물어버렸다. 하지만 요정은 엄청난 고통에도 풀무질을 멈추지 않았다. 그는 엄청난 고통에 온 동굴이 쩌렁쩌렁 울리도록 비명을 질렀다. 덕분에 금 조각들이 모두 녹아 변형할 수 있게 되었다.

우두머리가 돌아오자마자 풀무질을 하던 요정은 집게를 들어 불 속에서 무언가를 꺼냈다. 바로 황금 털을 가진 멧돼지였다. 그 불 속에서 태어난 황금 멧돼지는 번개처럼 빠른 속도로 하늘을 날 수 있는 능력이 있었다. 그 이름은 굴린이었는데 황금이라는 의미였다.

   그 멧돼지는 요정 프로에게 주어졌고 그는 어른이 되었을 때 굴린을 마치 말처럼 이용하였다. 모든 요정들이 그것을 기뻐했다. 드디어 땅 위의 인간들이 더 훌륭한 일을 할 수 있도록 도울 수 있었기 때문이다. 하지만 더 놀라운 일이 있었다. 그 황금 멧돼지가 숲 속에 살고 있는 엄니를 가진 모든 동물들의 아버지가 된 것이었다. 엄니는 이빨 중에서도 가장 단단하고 날카롭고 기다린 이빨이다. 입 밖으로 나온 이빨이라 동물들이 입을 닫고 있을 때도 엄니는 입 밖으로 튀어나와 있었다.

   프로를 포함한 아무도 굴린을 타고 있지 않을 때, 굴린은 그의 아들들, 즉 숲의 야생 멧돼지들에게 어떻게 땅을 갈아엎어야 그 땅이 씨앗이 자랄 수 있는 부드러운 대지가 될 수 있는 지를 가르쳐 주었다. 그리고 나서 주인인 프로는 따뜻한 햇볕과 따뜻한 소나기를 내려 그 땅을 비옥하게 만들었다. 그렇게 하기 위해 야생 멧돼지들에게 마치 바늘처럼 뾰족하고 칼처럼 날카로운 기다란 엄니가 두 개나 주어진 것이었다. 머리를 한번만 흔들면 개나 늑대, 황소나 곰을 단번에 찢을 수 있었고 쟁기처럼 고랑을 만드는 것은 일도 아니었다.

   엄니를 가진 동물들은 몇 종류가 있다. 땅에 사는 코끼리, 바다에 사는 바다코끼리와 일각고래, 하지만 그들 중 땅을 갈 수 있는 동물들은 없었다. 멧돼지의 엄니는 아주 길고 날카로울 뿐만 아니라 끝이 고리처럼 휘어져 있어서 단단한 땅을 갈고 뒤엎을 수 있었다. 그 덕분에 땅에서는 부드러운 식물들도 자라날 수 있었고 야생 꽃들도 피어날 수 있었다.

이 모든 것들을 인간들이 처음 알아차렸을 때. 그것은 아주 엄청난 경이로운 것이었다. 아이들은 서로를 부르며 특이한 광경을 보라고 외쳤다. 멧돼지의 엄니로 땅을 갈아 고랑을 만들면 주둥이로 파서 그 고랑을 넓게 만들었다. 그러면 새들이 날아와 그 고랑 사이에 있는 지렁이들을 잡아먹었다. 새들은 자기들을 위해 그 고랑이 만들어졌다고 생각하며 멧돼지들과 친한 사이가 되었다. 그들은 멧돼지들을 겁내 하지 않았고 가까이 날아와 등 위에 앉고 멧돼지들을 타고 다니기까지 했다.

인간들은 뒤집어진 땅과 점토를 보며 흙이 매우 부드럽다는 사실을 발견했다. 여인들과 소녀들은 막대기를 가지고 땅을 마구 헤집었고 멀리 떠났던 새들이 봄에 돌아올 때마다 땅에 떨어뜨리는 씨앗들이 싹를 틔웠다. 줄기를 가진 새로운 종류의 식물들이 자라기 시작했다. 꽃송이나 이삭에는 몇 백 배의 씨앗들이 더 들어 있었다. 아이들이 그 씨앗을 맛을 보니 아주 먹기에도 좋은 곡식들이었다. 그들은 통째로 씨앗을 삼키기도 하고 불에 굽거나 돌로 으깨기도 하였다. 그리고 곡식을 굽거나 으깨서 죽을 만들기도 하였고 꿀과 섞어 먹기도 하였다.

그 때가 바로 네덜란드 사람들이 처음 빵이라는 것을 만들어낸 시기였다. 꿀벌에게 얻은 꿀을 섞으니 벌꿀주와 아주 잘 어울리는 달콤한 케이크가 완성되었다. 또한, 한 여름부터 다음 여름까지 저장해 두었던 씨앗들은 동물들이 엄니로 파 놓은 고랑에 다음 해 봄에 심었다. 그 때 네덜란드 단어 '멧돼지(boar)'와 '줄(row)'이 하나로 합쳐져 새로운 단어가 만들어졌다. 오늘날까지 우리가 쓰는 '고랑(furrow)'이라는 의미의 단어가 그 때 처음 유래된 것이었다.

빵 굽는 기술을 처음 터득한 것은 여인들이었다. 처음에 그들은 뜨거운 바위 위에 곡식과 밀가루, 물, 또는 반죽을 올려 두었다. 그리고 효모의 존재에 대해 알고 난 후부터는 진짜 빵과 케이크를 만들어 남자들이 발명한 오븐에 넣고 굽기까지 하였다.

효모란 공기와 거품으로 밀가루를 "부풀리는" 것이었다. 그렇게 구워진 빵 사이에 고기를 썰어 넣은 것을 "브루제"라고 불렀는데 작은 빵, 혹은 샌드위치라는 의미의 단어였다. 곧 그들은 빵과 케이크의 종류를 다양하게 만들어 냈다. 핫케이크나 와플을 비롯하여 그 종류가 무려 10~20가지나 되었다. 그 도시의 남자들은 여인들이 엄청난 솜씨를 가지고 멋진 일을 해내는 것을 본 후에 서로 머리를 맞대고 이야기를 나누었다.

"아무래도 요정들이나 심지어 난쟁이들도 우리보다 더 뛰어난 존재라는 것을 인정할 때가 된 것 같아. 우리의 여인들 역시 엄청나게 뛰어난 솜씨를 가지고 있어. 하지만 멧돼지들이 우리보다 더 많은 것을 알고 있다고 생각하게 해서는 안 돼. 우리가 고랑을 만드는 것도, 새들이 씨앗을 가져다주는 것도 저 놈들이 알려주었다고는 하지만 우리는 분명 그들보다 더 위대한 존재야. 우리는 창으로 사냥을 할 수도 있고 멧돼지를 죽일 수도 있으니 말이야."

"멧돼지들이 엄니와 주둥이로 땅을 뒤엎고 잔디를 헤집고 할 수 있다지만 우리 인간들이 할 수 있는 빵 만들기는 절대 할 수 없어. 그러니 멧돼지와 새, 심지어 우리의 여인들을 이길 수 있도록 해보자. 우리가 저들 모두를 능가할 무언가를 발명한다면 우리는 요정과 같은 존재가 될 수 있을 거야."

그리하여 그들은 계속해서 사고하고 계획했고 마침내 쟁기를 만들어 냈다. 첫 번째로 날카로운 작대기를 손에 들고 깊지 않을 만큼 땅에 선을 새기기 시작했다. 그리고는 그 막대기에 쇠 조각을 달았다. 그 다음, 그 철 조각을 나무틀에 고정 시켜 앞으로 당겼으며 손잡이까지 달았다.

남자들과 여자들이 힘을 합쳐 쟁기를 당겼다. 사실 지금은 소들이 하는 일이지만 그 때는 소가 없어서 그들이 직접 해야만 하는 일이었다. 마침내 완벽한 쟁기의 모습이 완성되었다. 앞에는 칼이 달려 풀이나 점토를 자를 수 있었고 막대기, 볏 보습 위에 비스듬히 댄 넓적한 쇠, 그리고 손잡이까지 달려 있었다. 얼마 후에는 그것을 똑바로 세워 놓을 수 있는 바퀴까지 덧대어졌고 드디어 말이 그것을 끌게 만들 수 있었다.

그 새로운 발명품의 소유자는 프로였다. 황금 털을 가진 멧돼지뿐만 아니라 번개처럼 빠른 말 슬레이프니르 역시 그의 소유였다. 슬레이프니르는 빛과 같은 속도로 불과 물 사이를 뛰어다닐 수 있는 말이었다. 게다가 프로는 육지와 바다 모두를 항해할 수 있는 마법의 배도 가지고 있었다. 아주 탄성이 좋아 엄청난 수의 병사들을 태우고 바다로 전쟁을 나갈 수도 있었고 필요가 없을 때는 마치 여인의 손수건처럼 접을 수도 있었다. 그 배와 함께 프로는 마치 구름처럼 움직이고 그들처럼 변신할 수 있었다. 그는 마치 순간이동을 할 수 있는 것처럼 마음대로 이곳저곳을 왔다 갔다 할 수 있었다.

얼마 지나지 않아 야생 멧돼지들이 모두 사냥을 당해 죽어 사라져 버렸다. 하지만 아직도 그들의 이름과 명성은 인간의 기억 속에 여전히 남아있다. 용감한 기사들은 멧돼지의 머리를 자신의 방패와 문장에 새기기도 하였다. 평화를 관장하는 왕자에 대한 신앙이 널리 퍼져 전쟁이 잦아들자 프로를 기리는 신전들은 폐허가 됐지만 12월 어머니의 밤, 즉 1년 중 가장 긴 밤을 보내는 어머니의 밤이 크리스마스 축제의 일환으로 바뀌었다.

그리고 다시, 쟁기를 처음 인간에게 가르쳐준 기억이 영원히 살아있었다. 멧돼지들은 영양 넘치는 고기를 주었을 뿐만 아니라 인간의 두뇌에 아이디어들을 주었기 때문이다. 오븐에 구워지는 냄새는 애피타이저를 먹을 때 식욕을 돋우었고, 특유의 향으로 메인 요리로서도 훌륭했다. 게다가 로즈마리와 함께 먹는 멧돼지 머리는 거대한 만찬 메뉴로 아주 적절했다. 거기에 크리스마스 캐롤까지 더해지면 완벽한 크리스마스 파티가 완성되는 것이었다.

## 황금 투구

수 세기 동안, 양손의 손가락으로는 다 헤아릴 수도 없을 정도로 오랜 시간 동안, 프리슬란트의 여인들, 처녀든 유부녀든 머리에는 황금 투구를, 귀에는 황금 장미 리본을 달고 다녔다.

프리지아의 여인이라는 것을 나타내는 표시이기도 했다. 이 머리 장식을 통해 한 번도 다른 나라에 정복당한 적이 없는 자랑스러운 프리지아의 딸이라는 것을 당당하게 뽐낼 수 있었다. 비록 오늘날에는 볼 수 없지만 금이 수 천 가지의 형태로 사용되었던 황금시대의 유물이다. 황금 투구를 착용하는 방법과 이유에 대한 이야기는 다음과 같다.

오래 전 옛날, 온 땅이 수풀로 가득하고 곰과 늑대들이 많이 돌아다니던 프리슬란트에는 아직 교회라는 것이 세워지기 않았었다. 사람들은 모두 이교도들이었으며 보덴을 신으로 섬기고 있었다. 마을의 특정한 나무들은 몹시 신성한 것으로 여겨지고 있었다. 아기가 아프거나 성인들이 질병에 걸리면 그들은 그 신성한 나무 아래에 아픈 사람들을 눕히고 정성을 다해 기도하며 병을 낫게 해달라고 빌었다. 하지만 그럼에도 불구하고 그들이 죽으면 나뭇잎들이 그 시체 위로 떨어졌는데 지인들은 그것으로나마 위안을 삼을 수 있었다. 그런 신성한 나무를 베려고 도끼를 휘두르거나 나뭇가지 하나라도 불을 지르려고 하는 자는 곧바로 사형에 처해졌다.

도토리를 먹고 동물 가죽으로 옷을 지어 입는 북부 지방의 야생 원주민들 사이에 하프를 연주하는 가수 하나가 있었는데 그는 왕국에 초청까지 받아 노래를 부를 정도였다. 왕의 딸 인 공주는 그의 노래를 듣는 것을 굉장히 좋아하였다. 처음에는 행복한 표정으로 듣다가 이내 감상에 잠겨 눈물을 흘리기도 하는 아주 감정이 풍부한 공주였다.

사람들은 공주의 아름다운 외모를 자랑스러워했지만, 왕은 공주의 온화한 성품과 강한 의지를 몹시 자랑스러워했다. 그녀의 눈은 마치 구름 한 점 없는 맑은 하늘 같이 맑았다.

그녀의 불그스레한 뺨은 어떤 아름다운 꽃과도 비교할 수 없을 정도로 아름다운 색을 띠었다. 그녀의 입술 역시 붉은 산호초를 보는 듯 했다. 상인들이 멀리서 수입까지 해오는 그런 고급 산호들 말이다. 그녀의 땋은 머리는 마치 눈부신 황금과도 같았다. 왕은 '포시테(Fos-i-té)'라는 신을 섬겼었는데 그 영향으로 자신이 가장 아끼는 딸의 이름도 '포스테디나(Fos-te-dí'-na)' 라고 지었다. '포시테의 사랑스러운 딸' 혹은 '정의의 여인' 이라는 의미를 가지고 있었다. 무엇이 더 영예로운가. 그녀의 땋은 머리인가 아니면 그 위에서 빛나는 황금 왕관인가.

남쪽지방에서 왔다는 그 가수가 새로운 노래를 부르기 시작했다. 그리고 하프를 연주하면서 부를 때는 잔잔하고 부드럽게, 가끔은 구슬프게 심금을 울리기도 했다.

병사들을 위해 연주하던 음악보다 훨씬 더 부드러움이 느껴지는 뭔가 말로 다 설명할 수 없는 차이가 느껴지는 색다른 연주였다. 전투나 늑대, 곰, 소, 수사슴과 싸울 때의 투지와 힘을 노래하는 것이 아니라 연약한 자들의 상처를 치유하는 듯한 음악이었다.

그 하프 연주자는 전쟁과 투쟁 대신 선하고 온화한 사람들에 대한 이야기를 하고 있었다. 전쟁이나, 추격, 전투의 신, 폭풍우, 그리고 전쟁 중 목숨을 잃은 사람들에 대한 이야기는 더 이상 들리지 않았다. 대신 아들을 지상으로 내려 보내 인간을 구원하게 만든 창조신에 대한 이야기를 하고 있었다. 그는 악기를 연주하고 아름다운 목소리로 노래를 하며 사랑, 희망, 그리고 자비와 베푸는 것에 대한 이야기를 하였다. 특히 아프고 가난한 자들, 사랑하는 가족을 잃은 미망인, 홀로 남겨진 고아에 게 자비를 베풀어야 한다고 했다.

그들을 도움으로써 진정한 행복을 느낄 수 있는 것이라고도 하였다. 마지막으로 가시 면류관 이야기를 함으로써 사악한 인간들이 어떻게 그 훌륭한 선지자를 십자가에 매달게 하여 여인들을 울부짖게 만들었는지, 그 와중에 예수님은 그 여인들을 울지 말라 달래며 울 시간에 대신 그들의 가족과 아이들을 돌보라 하였는지 말하였다. 그는 죽는 순간까지 자비로움과 고귀한 모습만을 보였으며 그의 원수들을 단 한 순간도 미워한 적 없이 용서하였다고 강조하였다.

"뭐라고? 원수를 용서해야 한다고? 심지어 데인족을 용서해야 한다고? 방금 우리가 들은 것이 대체 무슨 헛소리인가!"

병사들이 외쳤다.

"이 말도 안 되는 소리를 하는 자를 당장 죽여 버리자."

그들은 당장 검을 꺼내어 방패에 두들기며 시끄러운 소리를 내기 시작했다. 마치 전쟁이라도 일어난 듯 그 거대한 궁전 안이 엄청난 소음으로 가득 찼다. 이교도 신자들 역시 몹시 화가 난 표정으로 병사들의 사기를 더욱 더 돋우었다. 하지만 그 순간 포스테디나가 하프 연주자를 지키기 위해 앞으로 달려 나갔다. 그는 긴 머리카락으로 그를 꽁꽁 감았다.

"멈춰라!" 왕이 병사들을 향해 소리쳤다.

"이 연주자는 내가 데리고 왔다. 내 손님이니 누구도 그를 공격할 수 없다."

 병사들과 신자들은 영 못마땅한 표정을 지으며 궁전을 떠났다. 언젠가는 반드시 그를 죽이고 말 것이라 씩씩거리며 궁전을 떠나갔다. 이미 늦은 시간이라 그날 밤은 그렇게 지나갔다. 왜 그 이교도 신자들은 연주자에게 그토록 화가 난 것이었을까? 이어지는 이야기에서 그 대답을 알 수 있을 것이다.

 사흘 전 기독교인들이 숲속에서 포로로 잡힌 일이 있었다. 그들은 어떤 무기도 없이 온 것이었다. 그들은 순수한 마음으로 프리지아인들에게 새로운 종교에 대해 부드럽게 전파하고 설교할 목적뿐이었다. 하지만 하필 그 날은 몹시도 추운 날이었다.

 밤이 되어 견딜 수 없이 추워지자 그들은 마을에서 신성하게 여기는 그 나무의 죽은 나뭇가지를 몇 개 꺾어 불을 피워버린 것이었다. 물론 그들은 그 나무가 어떤 의미인지 알지 못하고 저지른 일이었다. 그 모습을 몰래 지켜보고 있던 감시꾼이 곧장 우두머리에게 달려가서 조금 전에 자신이 본 것을 보고했던 것이었다. 그리하여 그들은 감옥에 갇히게 되었고 곧 늑대들의 먹이로 던져질 예정이었다. 마을에서 신성하게 여기는 나무를 건드리면 그런 무시무시한 형벌을 받게 되는 것이었다.

 한편, 프리지아인들 중 몇몇은 로마에 가본 적이 있었다. 그 영원의 도시인 로마에 말이다. 그리고 거기서 잔혹한 로마인들에게 돌도 아닌 나무로 어떻게 울타리를 쳐야 하는지를 배웠다. 그들은 휴일이 되면 포로나 죄수들은 야생 짐승들에게 던져 잡아먹히게 하며 누구든 그 모습을 즐겁게 볼 수 있게 허락하고 있었다.

프리지아 인들은 더운 지방에 사는 사자나 호랑이들은 구할 수 없었지만 기어코 사냥꾼들을 보내어 사나운 짐승들을 잡아오게 하였다. 그 결과 사슴이나 곰, 늑대, 들소들을 함정에 빠뜨려 데려올 수 있었다.

구덩이를 깊게 판 후 그 위를 나뭇가지와 이파리로 덮어 놓으면 완벽한 함정이 완성되었다. 아무것도 모르는 짐승들은 그 위를 자나가다가 냉큼 굴러 떨어져 버린 것이었다. 그러면 인간들은 밧줄로 그들을 꽁꽁 묶어 끄집어냈다. 사슴은 주로 식량으로 쓰였지만 곰이나 늑대는 우리에 갇혀 때를 기다리고 있었다.

그들은 배가 고프면 무시무시한 울음소리를 냈는데 그 때 갇혀 있는 기독교 신자들을 그 우리 속에 던져 넣는 것이었다. 막대기로 쿡쿡 찔려 잔뜩 성이 나 있는 들소들은 당장 그 불쌍한 희생양들을 짓밟아 죽였다.

하나님과 그의 자손에 대한 사랑에 대한 노래를 들은 포스테디나의 가슴은 벅차올랐다. 그녀는 갇혀 있는 포로들을 모두 풀어 주어야겠다고 결심하였다. 왕의 딸답게 용맹한 구석이 있는 여인이었다. 그리하여 자정이 되어 믿을만한 시녀들을 불러 몰래 감옥 쪽으로 다가갔다. 문의 빗장을 열고 어서 빨리 도망쳐 고향 땅으로 돌아가라고 하였다. 기가 막히게 냄새를 맡은 늑대들이 우리 안에서 울부짖기 시작했다. 뭔가 맛있는 먹이가 왔나 싶었지만 헛된 기대였다.

다음 날 아침 모든 사람들이 모여들었다. 자신들이 깜빡 속았다는 것을 알게 된 그들은 분통을 터뜨리며 비명을 질렀다. 그들은 왕을 찾아가 공주에게 벌을 내리라고까지 하였다. 이교도 신자들은 공주 때문에 신들이 모욕을 당했으며 신의 분노가 온 세상에 가득할 것이라고 하였다. 게다가 신성한 나무까지 화를 입었으니 말이다.

사냥꾼들은 당장 덴마크 땅으로 쳐들어가 모든 교회들을 불 질러 버릴 것이라 맹세하였다. 결국 공주는 신자들 앞으로 끌려오게 되었다. 그들은 어떻게든 공주를 벌할 생각이었다. 하지만 감히 공주를 늑대들 우리 속으로 던져 넣는 것은 불가능한 일이었다. 백발의 고위 사제는 피가 얼어붙을 정도로 울부짖는 짐승의 울음소리처럼 계속해서 열변을 토했지만 아름다운 공주는 용기를 내어 자신의 뜻을 굽히지 않았다.

신자들의 협박은 공주에게 전혀 통하지 않았다. 신이 엄청나게 분노하였다고 큰소리를 쳐도 그녀는 눈 하나 깜빡하지 않고 있었다. 그녀는 하나님을 부정해야 한다면 차라리 벌을 받을 것이라

소리쳤다.

"좋습니다. 그럼 이렇게 하시지요."

신자들 중 우두머리가 외쳤다.

"공주님의 말씀을 따르도록 하지요. 공주님은 곧 가시 면류관을 쓰게 될 것입니다."

포스테디나는 풀려났다. 신자들은 어떻게 하면 좋을지 일렬로 쭉 앉아 머리를 맞대고 논의를 시작했다. 신도 두려웠지만 자신들의 왕을 분노케 하는 것 역시 두려웠다. 결국 공주의 목숨은 살려주어야 한다는 것으로 결론을 내렸다. 하지만 단 하루 동안은 해가 뜰 때부터 질 때까지 가시 면류관을 눌러쓰고 사람들이 모두 지나다니는 광장 한 복판에 세워 두는 것으로 벌을 대신해야 한다고 결정했다. 그 시간만큼은 누구도 기독교인이 된 그녀를 비난하는 것을 허락하였다.

하지만 그 정도를 넘어서는 심한 욕을 내뱉거나 돌멩이를 던지는 것은 금지되었다. 하지만 오히려 포스테디나는 그들의 자비를 반가워하지 않았다. 무슨 벌을 내리든 당당하게 받아들일 작정이었다.

그녀는 새끼 암사슴으로 만든 하얀 옷으로 갈아입고는 예쁘게 땋은 금발도 풀어헤쳤다. 당당하게 광장 한 복판으로 걸어갔다.

"감히 포시테를 모독한 이 여인에게 가시 면류관을 씌워라."

사제가 외쳤다. 공주는 기어코 무릎을 꿇었고 사제는 이글거리는 눈빛으로 그녀의 머리에 면류관을 씌웠다. 최대한 깊숙이 이마 안쪽으로 힘껏 밀어 넣었다.

공주의 얼굴은 금세 엄청난 피로 뒤덮였다. 얼마 지나지 않아 그녀가 입고 있던 옷 전체도 앞뒤 할 것 없이 모두 시뻘겋게 물들었다. 하지만 공주는 찡그리는 기색도 전혀 없었다. 하루 종일 그렇게 광장 한 복판에 서 있었다.

포시테를 모시는 사람들은 그녀를 비웃기도 하고 크게 조롱하기도 하였다. 하지만 공주는 아무 말이 없었다. 그저 가만히 그 상황을 버티고 있을 뿐이었다. 그녀는 마음속으로 신에게 용서를 빌고 있었다. 옷 전체와 온몸이 피로 뒤덮인 불쌍한 공주의 모습을 안타까워하지 않는 이들이 없었다.

그 후, 수년이 흘러 그 땅과 그 땅에 사는 사람들에게 엄청난 변화가 생겼다. 공주의 이마에 난 상처는 많은 사람들의 가슴을 울리게 만들었다. 선교사들의 이야기가 곳곳에 퍼져 나갔다. 반짝이는 십자가를 세운 교회들의 수가 점점 늘어났다.

가짜 우상들을 믿는 사람들도 점점 줄어들었으며 마을에서 그토록 신성하게 여기는 나무도 결국 베어지고 말았다. 한 때 늑대들이 득실거리던 초원에는 이제 젖소들이 가득 차 있었다. 10년 동안 정말 많은 일이 일어난 것이었다. 마치 동화 속 세계처럼 말이다. 무엇보다 샤를마네의 손자인 기독교 왕자가 여왕이 된 포스테디나와 사랑에 빠졌다.

그는 그녀의 손을 잡았고 그녀의 마음을 얻었으며 그들의 결혼식 날짜가 정해졌다. 프리자아에 아주 커다란 의미가 있는 날이었다. 결혼식은 그녀가 면류관을 쓰고 하루 종일 고통을 받았던 바로 그 교회에서 치르기로 하였다.

결혼식 날 아침이 밝았다. 새하얀 옷을 차려 입은 처녀들이 한자리에 모였다. 그 중 하나는 관자놀이까지 내려 쓰는 황금 왕관을 들고 왔다. 바로 왕비가 가지고 있는 상처를 가리기 위해 투구처럼 만든 것이었다. 포스테디나는 그 황금 투구를 쓰고 결혼을 하게 된 것이었다.

"그런데 말이죠." 갑자기 누군가가 물었다.

"포스테디나의 땋은 금발과 황금 왕관 중에 무엇이 더 눈부시게 반짝였습니까?"

하지만 누구도 답을 확신하는 자는 없었다. 결혼식에서는 찬송가 대신 한 때 왕 앞에서 연주를 했던 그 하프 연주자가 축가를 불렀다. 이제는 나이가 들었지만 여전히 달콤하고 활기 넘치는 목소리로 여왕의 결혼을 축하하였다. 그 때 한 사람이 물을 포도주로 바꾸는 능력을 가진 남자를 찬양하였다.

"우리를 구해준 아주 뛰어난 영웅이다."

그는 아주 힘이 센 사람이었다. 잠시 정적이 흘렀다. 곧 신부의 행진과 함께 노래가 울려 퍼졌다. 어떠한 장신구도 없었지만 그녀는 충분히 아름다웠고 반짝반짝 빛나고 있었다. 황금 투구는 딱 그녀만을 위한 것처럼 아주 잘 어울리는 모습이었다. 그 모습을 본 다른 여인들도 약혼할 때 그 투구를 쓰고 싶어 하였다. 이후 기독교 여인들은 결혼할 때 그 왕관을 쓰는 것이 유행처럼 되었다.

보석 세공인들 역시 그 유행을 따랐다. 프리슬란트에서는 매일같이 그 황금 투구를 쓴 여인들의 모습을 볼 수 있었다. 만드는 사람에 따라 모양새는 조금씩 달랐지만 그 반짝이는 아름다운 모양새는 한결같았다. 이후 포스테디나가 아들을 낳아 윌리엄이라 이름 지었는데 네덜란드어로 '길드 헬름(Gild Helm)'이라는 이름이었다. 이후 네덜란드의 17개 주 전체에 그 관습이 퍼져 나갔다.

머리 장식이나 의상이 주마다 조금씩 다른 것을 살펴볼 수 있을 것이다. 고대 역사의 아주 중요한 유물이나 마찬가지이다.

네덜란드 여왕 폐하가 그녀의 선조들이 몹시 소중히 여겼던 북쪽의 옛 땅, 프리슬란트를 방문하였을 때, 그녀는 프리슬란트에 대한 경의를 표하며 예복을 차려 입고 황금 투구를 썼다. '빌헬미나'라는 이름의 기원을 아는 이들은 그 의미를 바로 알 수 있을 것이다.

"황금 투구를 쓴 여왕"이라는 것을 말이다.

## 황새는 왜 네덜란드를 사랑했을까

머리 좋고 다리가 긴 황새는 유럽 전체에서 네덜란드를 가장 좋아한다. 저 멀리 아프리카에서부터 제방과 풍차로 가득한 네덜란드까지 날아올 정도니 말이다.

네덜란드와 프리슬란트에 수천 마리의 황새들이 살고 있다. 어떤 때는 사람들은 신경도 쓰지 않고 도로 위를 활보하기도 한다. 네덜란드의 상징인 빨간 지붕의 집들 위에 달려 있는 타일이나 굴뚝 사이에 둥지를 짓기도 하며 심지어 교회 탑 위에서 새끼들을 기르기도 한다. 어떤 사람이 나무 꼭대기 위해 바람 빠진 수레바퀴를 올려놓으면 황새들은 그걸 또 그렇게 좋아한다. 마치 인간들에게 초대 받은 것으로 생각해서 그들은 몸단장을 하고 날아갈 준비를 한다. 심지어 둥지를 짓기 전부터 말이다.

기다란 부리로 깃털을 다듬고 몸단장 하는 모습을 심심치 않게 볼 수 있을 것이다. 그리고 아주 진지한 표정의 석공들처럼 나뭇가지와 건초들을 들고 오기 시작한다. 하지만 절대 급하게 서두르는 일은 없었다.

일단 제일 처음에 장작이나 나무 조각을 올려놓는다. 그리고는 보금자리로 돌아가 다른 새들이 바쁜지 살펴본다. 수년 동안 황새들은 같은 둥지에서 머무르며 해마다 조금씩 손을 보거나 무너진 부분을 수리하며 살곤 한다. 왜냐하면 그들의 특성 상 변화를 그다지 좋아하지 않는 종족이기 때문이다.

한 곳에서 좋은 인상을 받으면 황새들은 계속해서 그곳에 머무르며 그 집에 사는 인간들과 점점 더 동화되기 시작한다. 심지어 아기가 무사한 지 시간마다 확인하는 일까지 하니 말이다. 네덜란드에서 황새가 돌아오는 것은 아주 기쁘고 축하할 만한 일이었다.

들판에서도 황새들에게는 즐거운 일들만 벌어졌다. 네덜란드의 또 다른 상징인 개구리가 있기 때문이다. 빨간 다리를 가진 개구리들은 항상 먹을 것이 없나 찾았다.

개구리 종족들 역시 서두르는 기색이 없었고 이곳저곳을 돌아다니며 먹음직한 먹잇감이 없나 살펴보는 것이 하루의 중요한 일과였다. 그렇게 아침 시간을 보내고 나면 무성한 가슴 털 속에 부리를 파묻고 다른 이들의 눈에 띄지 않게 변장을 하였다. 낮이 되면 다리 한쪽으로만 중심을 잡고 서서 몇 시간 동안 낮잠을 자기도 했다. 반대쪽 다리는 꼬고 서있는 모습은 마치 네 번째 손가락에 기대어 서있는 모습과 비슷하게 보였다.

날이 저물기 시작하면 황새는 날개를 두어 번 퍼덕이며 잠을 깨고 걷기 시작한다. 하지만 여전히 급한 기색은 전혀 없었다. 이제 사냥을 시작하는 것이다. 곧 개구리와 쥐, 곤충의 유충, 지렁이나 곤충들을 여럿 잡아 맛있게 식사를 한다. 이 새의 또 다른 특징은 어느 곳에서든 마치 자기 집에 있는 것만큼 편안함을 느끼며 금세 적응한다는 것이었다. 그리하여 우리의 인식 속에도 네덜란드와 황새가 밀접한 관계를 맺고 있는 것으로 알고 있는 것이다. 네덜란드의 유명한 속담에도 이것을 반영하는 글귀가 있다.

"같은 땅 안에서 소는 풀을 뜯어 먹는다. 그레이하운드는 토끼를 사냥하며 황새는 개구리를 잡아먹는다."

사실 황새가 아니었더라면 네덜란드는 마치 모세가 살던 고대 이집트처럼 개구리가 득실거려 감당 되지 않는 상황이 벌어졌을 것이다. 네덜란드인들은 개구리들에게 "우이예바르(Ooijevaar)"라는 별명도 붙여 주었는데 '보물을 가져다주는 존재' 라는 의미였다. 매년 봄이 되면 어린 아이들 뿐만 아니라 그들의 부모들은 이집트에서부터 날아오는 하얀 새들을 반갑게 맞이하였다.

"이번에는 무엇을 가지고 왔니?"

새들을 볼 때마다 사람들의 머릿속에는 그 질문이 가득 차 있었다. 만약 황새가 지붕 위에 지어 두었던 둥지를 버리면 가족들은 큰 슬픔에 빠졌다. 더 이상 행운이 함께 하지 않는 것이라 생각했기 때문이다. 반대로 황새 가족이 새로 고른 집에는 큰 기쁨이 넘쳐났다. 금은보화를 발견했을 때 보다 훨씬 더 말이다.

"지붕에 황새 둥지가 있는 집에는 곧 아기가 태어날 것이다."

어쨌든 네덜란드인들이 황새를 환영한다는 말이다. 그렇다면 황새는 왜 네덜란드를 특히 사랑하게 된 것일까? 그 이유에 대해 말하기 위해서는 백만 년 전 아프리카로 가봐야 한다. 서쪽 지방에 새로운 나라를 어떻게 찾게 되었는지 네덜란드 요정에게 물어봐야 하니 말이다. 어째서 수천 마일 떨어진 추운 나라로 이 지혜로운 새들이 날아오게 된 것인가? 그들은 늘 규칙적으로 네덜란드로 돌아오며 한 번도 그 시기를 늦춰 온 적이 없는 종족이었다. 한 위대한 예언자가 이렇게 말할 정도였다.

"하늘나라의 황새들은 언제 네덜란드로 와야 하는지 정확히 알고 있다."

수 세기 전 아주 옛날 아프리카에 낙타와 카라반들이 넘쳐날 때는 네덜란드라는 나라가 존재하지 않았다. 아직 물속에 가라앉아 있는 땅일 뿐이었다. 인도에서 역시 황새는 전통 있는 새였다. 연못을 헤엄치고 개구리를 잡아먹어 그 수가 기하급수적으로 늘어나지 않게 하는 역할은 그 때도 마찬가지였다. 어쩔 때는 황새의 수가 너무 빠르게 늘어나 먹이가 부족한 일이 생기기도 했다.

"황새들이 바닷물이 모두 말라 마른 물고기를 잡아먹기를 기다리다가 굶어 죽고 말았다."라는 속담도 생겨났다.

　수백만 개의 섬들이 위치해 있는 북쪽 해안에는 황새들보다 개구리들이 훨씬 먼저 살고 있었다. 그 수가 워낙 빠르게 늘어난 탓에 인간들의 땅인지 개구리의 땅인지 조차 헷갈릴 정도였다.

　개구리들 중 일부는 몸집이 황소만큼 거대한 것들도 있었다. 울음소리는 얼마나 큰지 요정들의 노래 소리가 완전히 묻혀 들리지 않을 정도였다. 사람들이 모두 잠들어 있는 한밤중에도 개구리들은 요란하게 울어댔다.

　뱀들은 새끼 새들을 잡느라 나라를 망친 반면, 두꺼비들은 소금물이 가득한 바다를 밀어내고 자신들을 위해 이 땅이 만들어졌다고 생각을 하는 것 같았다.

　네덜란드 요정들은 그 파충류들의 행동에 신물이 날 지경이었다. 옛날처럼 평화롭고 즐거운 일상을 더 이상 누릴 수 없었기 때문이다. 달빛이 내리는 밤 풀밭으로 춤을 추러 가면 황소개구리들이 꽥꽥 소리를 내며 자리를 차지하고 있었다.

　아프리카에서 듣기로는 황새들이 엄청난 식탐을 가지고 있으며 몸을 비틀고 높은 곳을 이거 오르고 폴짝 뛰기도 하며 물장구를 잘 치기도 한다고 했다. 그들은 네덜란드로 그들을 데리고 가야겠다고 생각했다. 하지만 네덜란드 요정들은 황새의 습성에 대해서는 전혀 아는 것이 없었으며 어떤 생김새를 가지고 있는지

조차 알지 못했다. 하지만 소문에 의하면 그들은 아주 온화하고 착한 성격을 가진 새들이라고 했다. 그 뿐만 아니라 아주 할 뿐 아니라 새끼들과 부모 새들에게도 아주 착하고 너그러운 새라고도 하였다. 어떤 나라에서는 효를 상징하는 새로 삼기도 했다고 한다.

그리하여 네덜란드의 모든 요정들은 이집트로 파견단을 보내어 황새들을 불러 모으기로 하였다. 당장 심부름꾼들이 나라 전체로 그 빨간 다리의 새들을 데리러 가기 위해 파견 되었고 나일 강이나 사원, 피라미드, 고대 건축물 기둥 등 각지로 임무를 다하러 출발하였다. 새들은 길거리를 깨끗하게 만드는 것으로 그곳에 머물러 있을 수 있었고 강가로 날아간 새들은 보통 물고기나 개구리, 쥐를 잡아먹으며 그 곳에 머무를 수 있었다.

황새들은 회의를 열었고 만장일치로 의견을 모았다. 비록 나이 많은 황새들은 그 낯선 땅에 먹을 것이 거의 없을 것이라 걱정하는 자들도 있긴 했지만 말이다. 그렇게 그들 중 가장 힘이 세고 씩씩한 자들이 우선 이집트로 날아가야 한다는 의견이 나왔다. 몸이 약하거나 겁이 많은 이들은 뒤에 서서 앞의 무리들을 따라가기만 하면 되는 것이었다. 이집트에서 그런 엄청난 무리의 새들이 나는 소리는 들어본 적이 없었다.

황새들은 무리를 지어 이동하기 시작했다. 수천 마리의 무리가 동시에 날갯짓을 시작했다. 그들은 하늘 높이 날아오르며 거대한 날개를 파닥거렸다. 긴 다리로 열심히 허공을 가로질렀다. 몇 시간 만에 그들은 유럽 전역의 하늘을 가득 덮을 정도였다. 그리고는 새로운 땅 위 각자 맡은 구역으로 흩어져 날아갔다. 각자의 보금자리를 찾기로 미리 말을 맞춘 상태였다. 여름이 지나고 다시 쌀쌀한 가을이 되면 다시 모여 이집트로 날아가기로 하였다.

요정들에게는 생전 처음 보는 광경이었다. 요정뿐 아니라 개구리와 인간들도 그 낯선 하얀 날개 달린 것들의 모습을 신기하게 쳐다보았지만 꽤 아름다운 광경임에는 틀림없었다.

풀밭 위를 우아하게 거닐며 연못에서는 물을 가로질러 걸어가거나 둑 옆에서는 가끔씩 아무것도 하지 않고 가만히 서있기만 해도 한 결 같이 아름다운 모습이었다. 하지만 새들은 황소개구리들의 땅에서 점점 인기가 없어졌고, 뱀들 역시 그 배고픈 새들 때문에 곧 먹을 것이 모두 사라질 것이라 생각했다. 하지만 요정들에게는 반대로 좋은 일이었다.

황소개구리들이 새들을 무서워하여 풀밭에 나오길 꺼려하니 자신들은 다시 풀밭에 춤을 추러 나올 수 있었기 때문이다. 개구리들은 황새의 눈을 피하는 것이 쉽지 않은 일이었다. 새로운 새들은 그들의 큰 부리를 이용해 진흙 구멍을 쉽게 뒤질 수 있었고, 크든 작든 개구리든 뱀이든 그들의 부리에서 자유로울 수는 없었다. 새들의 빨간 다리 역시 아주 늘씬하고 길어 아무리 깊은 물속이라도 어려움 없이 걸어 다닐 수 있었으니 개구리들이 잡아먹히는 것은 시간 문제였다. 그러니 개구리들에게는 보통 부모를 잃거나 배우자를 잃는 것이 아주 흔한 일이었다.

요정들은 점점 황새들과 가깝게 지내게 되었는데, 그들의 행동은 상당히 우스꽝스러워 배꼽을 잡고 웃음을 터뜨리는 일들이 많았다. 그들이 무엇을 먹는지, 습성이 어떤지 크게 놀랍지 않았다. 하지만 다른 새들처럼 노래를 부르지 못한다는 사실은 꽤나 충격적이었다.

아름다운 목소리로 지저귀는 대신 그들은 긴 턱으로 깩깩거리는 소리를 내거나 턱을 부딪쳐서 소리 내는 것이 전부였다. 그들은 눈처럼 새하얀 깃털을 가지고 있었는데 아무래도 그것이 가장 자랑할 만한 점인 것 같았다. 모든 이들이 황새의 하얀 털들을 부러워하였기 때문이다.

기다란 다리 역시 신기한 구경거리처럼 여겨졌다. 요정들은 처음에 그 새들이 빨간 스타킹이라도 신었나 생각했다. 그러면서 빨래를 하는 날에는 꽤 빨랫감이 많겠구나 하는 쓸데없는 걱정까지 했다. 여담이지만 네덜란드에서는 항상 청결을 유지하는 것이 나라의 문화였기 때문이다.

그 중에서도 요정들은 황새들이 사랑에 빠지는 것을 가장 재미난 구경거리라 생각했다. 암컷의 환심을 사기 위해 수컷은 나름

애를 쓰며 별의 별 몸짓을 다 하는 것이었다. 별 이유 없이 땅을 폴짝 뛰어 넘거나 빠른 속도로 달리면서 속도를 뽐내기도 했다. 그리고 날개를 활짝 펼쳐 포옹을 하려는 몸짓을 보이기도 하고 암컷 주위를 빙글빙글 돌며 춤을 추기도 했다. 또, 최대한 아름다운 목소리를 내려고 애를 쓰며 턱을 상하로 부딪쳐 소리를 냈다. 사랑의 세레나데쯤으로 생각하는 것 같았다. 그 과정 전체를 보는 것은 정말 재밌고 흥미로운 일이었다.

침팬지, 염소, 당나귀들 모두가 모여들어 그 광경을 지켜보았다. 요정들 역시 그 모습을 보며 배꼽이 빠지게 웃었다. 하지만 요정들은 황새들이 그 많은 해충들을 없애준 것에 대해 몹시 고마워했다. 이 곱고 아름다운 순백색의 우아한 생물들이 어떻게 그리 많은 달팽이, 뱀, 올챙이, 두꺼비를 뱃속에 넣는 것인지, 그리고 그것들이 어떻게 눈처럼 하얀 깃털로, 멋진 날개로, 장미 같이 빨갛고 긴 다리로 흘러들어 가는지 이해할 수는 없었지만 말이다. 정말 멋진 일처럼 보이지만, 요정들은 위가 없고 음식을 먹지도 않았기 때문에 '소화'라는 개념은 요정들에게 이해할 수 없는 것이었다.

개구리 왕국에서는 점점 더 공포와 음울함만이 가득하게 되고 이 새로운 적들에 대한 이야기를 들은 모든 파충류들이 어쩔 줄 몰라 하며 몸을 움츠렸다. 땅 위의 모든 짐승들은 이 땅이 오로지 황새들에게만 유리하게 만들어졌다고 생각하기 시작했다. 하지만 어느 누구도 황새들을 무찌를 방법은 알지 못했다.

아빠 개구리는 어떻게 해야 할지 알 수가 없었다. 엄마 개구리는 새끼들을 밖으로 나가지 못하게 하느라 정신이 없었다. 혹시나 그 기다란 다리와 가위처럼 날카롭고 단단한 턱을 가진 새들에게 잡아먹힐까 싶어 노심초사하였다.

고대 네덜란드 이야기 중 개구리 연못에 관한 이야기가 하나 있다. 어떤 낯선 소리가 어린 개구리들을 유인한다고 한다. 책에 나오는 이야기이거나 꾸며낸 이야기가 아니라 실제 있었던 일이라는 것을 강조하기 위해 따옴표를 사용하여 나타내는 것을 알아두었으면 한다.

"올챙이는 가끔 자신의 엄마를 괴롭히고는 한다. 지나가는 사람들에게 들은 빨간 기둥에 관한 이야기를 떠올리며 엄마에게 허락을 받아내고자 떼를 쓴다는 것이다. 처음에는 당연히 허락하지 않았지만 올챙이의 꼬리가 떨어지고 지느러미가 처음 다리로 변하며 충분히 자라나 위험한 상황에서도 재빠르게 도망칠 능력이 생길 시기가 되면 보내주겠다고 약속을 한다는 것이다. 그리고 가더라도 그 막대기 바로 근처로 너무 가까이 가지는 말아야 한다고 신신당부했다.

아직까지 그 빨간 막대기의 정체를 아는 사람은 없다고 한다.

하지만 나이 많은 개구리들의 말에 따르면 그것은 분명 위험한 것이니 언제나 한 눈 팔지 않고 주의를 기울여야 한다고 했다.

사실 그 빨간 막대기는 곤히 잠들어 있는 황새의 빨간 다리였던 것이다. 앞에서 언급했던 대로 오후에 낮잠을 자고 있는 황새의 다리였던 것이다. 강둑 근처의 개구리들이나 물 밖으로 주둥이를 내놓고 있는 개구리들은 여태 황새의 다리를 직접 본 적이 없었다. 어떤 황새도 자신들이 사는 동네로 날아온 적이 없었기 때문이다. 숫자 4를 닮은 듯한 모양새의 다리가 황새 다리라는 것은 당연히 상상도 하지 못하였다. 덫처럼 한 순간에 확 닫혀 뱀이나 개구리를 잡아먹을 수 있다는 그 부리에 대해서도 당연히 알 리가 없었다. 그 새의 입 속에 들어가는 순간 빠져나갈 방법은 전혀 없었다."

안타깝게도 그 웅덩이 안에서만 자라 이 모든 사실을 알 리가 없는 어린 개구리들은 호기심에 가득 찬 표정으로 그 빨간 작대기 근처로 살금살금 다가갔다.

새의 다리에 코까지 문지르며 자신이 얼마나 용감한 개구리인지 뽐내려는 생각이었다. 그 순간 잠들어 있던 황새가 눈을 뜨며 턱을 딱딱 부딪치기 시작했다. 황새가 눈을 뜨는 순간 개구리의 모습은 순식간에 사라져 버렸다. 바로 황새의 뱃속으로 들어가고 난 후이니 말이다. 빨간 작대기는 하나가 아니라 두 개가 되었다. 그 모습을 본 개구리들이 한꺼번에 웅덩이로 뛰어드는 탓에 엄청난 물방울들이 튀기 시작했다. 그 이후로 개구리들은 네덜란드는 더 이상 자신들이 지배하는 땅이 아니라는 것을 깨닫게 되었다.

인간들은 해충과 황새들에 맞서 자신들이 승리했다는 사실에 굉장히 만족한 모습이었다. 황새를 자부심과 기쁨으로 여기기까지 하였다. 그들은 황새를 네덜란드의 구세주로 생각하였다. 그래서 각자 집의 지붕 위에 상자들을 놓아 기꺼이 둥지를 만들어 주었다. 마을의 모든 낡은 수레바퀴들도 모았다. 버드나무를 톱질하여 잘라 바퀴를 납작하게 만들어 황새들이 편히 생활할 수 있는 보금자리를 만들어주기까지 하였다.

한편, 기사들은 자신의 방패와 깃발, 문장에 황새의 문양을 새겨 넣기 시작하였고 모든 이들이 황새를 나라를 대표하는 새로 여기기 시작하였다.

네덜란드의 수도 헤이그는 이 새들을 지키기 위하여 최선을 다하였다. 웅덩이를 파는 깊이에도 제한이 있었다. 황새의 먹이를 뺏거나 보금자리를 침입해서는 안 되는 것으로 여겼기 때문이다. 헤이그에 사는 황새들이 새끼들을 얼마나 정성스럽게 돌보는지에 관한 이야기들을 오늘날까지도 흔히 찾아볼 수 있다. 새들 뿐만 아니라 네덜란드의 어머니들의 모성애에 대한 이야기들도 찾아볼 수 있다.

그 마을 외에도 11개의 주 어디에서도 늪지의 물이 빠거나 연못의 물을 퍼내 마을을 만들 때마다 황새가 없으면 네덜란드가 아니라고 보았다. 새로운 야생지역에도 '해안 간척지'라고 불리는 마른 땅들을 조성하려는 시도를 하였다.

황새 가족들을 날아오게 하여 인간들과 함께 공생하여 살게 하려는 시도였다. 도로를 따라서는 기둥을 세워 황새들이 둥지를 지을 수 있게도 만들어 주었다. 곧 그것은 마을 전체의 풍습이 되었다. 황새들이 돌아올 때가 되면 키우던 송아지나 양을 죽여 남은 고기를 들판에 뿌려 놓고 새들이 돌아오는 것을 환영하는 것이 농부들 사이의 문화가 되었다. 네덜란드에는 새끼들에게 헌신하고 그들을 정성스럽게 키우는 황새들에 관한 속담들이 아주 많다.

마지막으로 네덜란드의 어린 아이들, 심지어 빌헬미나 여왕이 나라를 지배하던 시절의 아이들조차 그 '보물을 가지고 오는 존재'들을 편지를 전달해주는 심부름꾼으로 이용하기도 했다. 그들의 길고 빨간 다리에 종잇조각을 묶어 가을에 날려 보내면 이스라엘, 스핑크스와 피라미드가 가득한 모세의 땅에 무사히 전달되는 것이었다.

이듬해 봄이 되면 그들은 답장을 전달 받기도 하였는데 '축복과 행운을 전달해주는' 황새 덕분에 가능한 일이었다. 이것이 바로 황새가 네덜란드를 사랑하는 이유인 것이다.

## 윌리엄 엘리엇 그리피스

동양과 유럽의 문화와 전통을 서구 세계에 소개한 선구적 인물로, 특히 일본과 네덜란드에 대한 깊은 관심과 연구로 잘 알려져 있으며, 그의 작품들은 당대 서구 독자들에게 이국 문화를 이해할 수 있는 귀중한 창을 제공하였다. 민속과 전통 문화에 대한 애정을 바탕으로, 젊은 독자들에게 상상력과 도덕적 성찰을 불어넣는 동화들을 담고 있으며, 단순한 동화집을 넘어 문화와 가치의 전달자로서의 문학적 의미를 지니고 있다. 그리피스는 생애 전반에 걸쳐 40여 권이 넘는 책을 집필하며, 세계 여러 나라의 문화를 소개하고 이해시키는 데 헌신했다.

### 네덜란드 단편 동화집    1318 청소년문고 27

**발행일** . 2025년 7월 22일
**지은이** . 윌리엄 엘리엇 그리피스   **옮긴이** . 임아랑
**펴낸곳** . 정씨책방   **임프린트** . 리플레이
**주소** . 경기도 김포시 김포한강9로 75번길 66, 505호
**전화** . 070-8616-9767   **팩스** . 02-2179-9767
**이메일** . jungcbooks@naver.com
**ISBN** . 979-11-91467-92-5 (03850)   **정가** . 15,800 원

'리플레이'는 정씨책방의 출판 브랜드 입니다.

성장하는 청소년들을 위한 깊이 있는 이야기와 감동을 담은 **1318 청소년문고**는 고전부터 현대문학, 국내외 폭넓은 작품을 변화하는 세상 속에서 고민하고 꿈꾸는 청소년들이 자신의 길을 찾을 수 있도록 책을 통해 세상을 넓게 바라보고 사고력을 키울 수 있도록 돕습니다.

1. **이효석 단편문학** / 이효석 / 자연과 인간의 내면을 섬세하게 그려낸 작가
2. **방정환 단편문학** / 방정환 / 대한민국 아동문학 대표 작가
3. **노천명 단편문학** / 노천명 / 사슴의 시인, 소박하면서 섬세한 정감
4. **나도향 단편문학** / 나도향 / 백조파 특유의 감상적이고 환상적인 작품
5. **김동인 단편문학** / 김동인 / 현대적 문체로 풀어낸 한국 근대문학의 선구자
6. **윤동주 시집** / 윤동주 / 하늘과 바람과 별과 시
7. **김소월 시집** / 김소월 / 진달래꽃, 한국 현대시인의 대명사
8. **타임머신** / 허버트 조지 웰스 / 타임머신에 탑승할 준비가 되었나요?
9. **목요일이었던 남자** / 길버트 키스 체스터턴 / 거칠고, 정신없는 유쾌하고도 깊은 감동이야기
10. **투명인간** / 허버트 조지 웰스 / 얼굴 가린 두툼한 붕대, 왜 변장하고 있는 걸까?
11. **이상한 나라의 앨리스** / 루이스 캐럴 / 앨리스의 이상하고 환상적 모험
12. **오페라의 유령** / 가스통 르루 / 오페라 하우스의 5번 박스석과 지하세계
13. **모로 박사의 섬** / 허버트 조지 웰스 / 인간과 짐승 사이, 윤리는 어디에 있는가?
14. **80일간의 세계 일주** / 쥘 베른 / 80일간 세계 일주, 행복을 얻다
15. **구운몽** / 김만중 / 인생의 부귀공명은 일장춘몽이다
16. **홍길동전** / 허균 / 우리나라 최초의 국문 소설

17. **미국 단편 동화집** / 라이먼 프랭크 바움 / 일상생활에서 만나는 마법
18. **사씨남정기** / 김만중 / 조선 사회의 모순과 실상, 권선징악
19. **백범일지** / 김구 / 독립운동가 김구가 쓴 자서전
20. **현진건 단편문학** / 현진건 / 객관적 현실 묘사, 사실주의자 작가
21. **한용운 시집** / 한용운 / 독립운동가 한용운의 서정시
22. **금오신화** / 김시습 / 한국 최초의 한문소설
23. **일본 단편 동화집** / 예이 테오도라 오자키 / 20세기 초, 수집된 일본 전통 이야기 모음집
24. **39계단** / 존 버컨 / 스파이 스릴러의 모험소설
25. **무정** / 이광수 / 자유연애로 대표되는 장편소설
26. **김유정 단편문학** / 김유정 / 한국의 영원한 청년작가
27. **네덜란드 단편 동화집** / 윌리엄 엘리엇 그리피스 / 생동감 넘치는 네덜란드 민속 세계
28. **주홍색 연구** / 아서 코난 도일 / 홈즈와 왓슨의 만남과 살인 사건
29. **상록수** / 심훈 / 농촌계몽운동의 대표 소설
30. **강경애 단편문학** / 강경애 / 사회의식을 강조한 여성 작가
31. **계용묵 단편문학** / 계용묵 / 인간이 가지는 선량함과 순수성
32. **방정환 장편문학** / 방정환 / 흥미진진한 어린이 탐정소설
33. **이무영 단편문학** / 이무영 / 농민문학과 농촌 소설의 선구자
34. **만세전** / 염상섭 / 3·1 운동 직전, 지식인 청년의 눈에 비친 사회상